書下ろし

純情姫と身勝手くノ一

睦月影郎

祥伝社文庫

目次

序

（あの男、素破《すっぱ》か……、しかも、かなり出来る……）

女は、境内《けいだい》で軽業《かるわざ》をしている若い男を見て思った。

彼は軽やかにトンボを切り、音も無く着地しては扇子《せんす》や鞠《まり》を手玉に取って、見物人の喝采《かっさい》を誘っている。

そして、軽業の若い男の近くでは、三十歳ばかりで丸坊主の大男が似顔絵を描いて娘たちに売っていた。

どうやら男二人の旅で、軽業師も絵師も愛想《あいそ》が良く、たちまち参拝客たちの人気者になっているようだった。

女は、その二人がやけに気になってしまった。

（ふん、まさか岡惚《おかぼ》れしたわけでもあるまいに……）

ふと我に返った女は自嘲《じちょう》気味に笑みを洩《も》らし、本来の役目を意識した。

そう、自分こそ素破であり、さる藩の密命を受けてこの小田原《おだわら》にやって来たのである。

まずは城下を回り、旅籠《はたご》の建ち並ぶ界隈《かいわい》を頭に叩《たた》き込んだ。

海に近いこの藩は海産物や蒲鉾《かまぼこ》、ういろうなどの名産があり、丘には白亜《はくあ》三層の城を構えていた。

そう、女の請け負った密命とは、何としても、あの城にいる姫君を暗殺しなければならないのである。

年端《としは》もゆかぬ娘を殺《あや》めるのは気が進まないが、これは女忍びとして鍛練《たんれん》を積んだ末の、独り立ちの証《あか》しなのだ。

今までも、いくつか秘密裏《り》の仕事を成し遂《と》げてきたが、全て密書を奪ったり動静の探りを入れることだけで、人を殺めなければならないのは此度《こたび》が初めてであった。

しかし素破の仕事とは、困難であるほど己の存在意義の証明となる。

そして城下や城の様子を探っているうち、姫君は何かの病なのか、海近くの屋敷で療養しているようなのだ。

それは暗殺者にとって、実に好都合であった。城へ忍び込む困難さに比べれば屋敷など苦もなく侵入できよう。

女は、何の問題もなく仕事がうまくいくと思い込んでいた。

だが、いざ襲おうとした矢先、姫君がいきなり屋敷から失踪してしまったのである。

警護の者たちも右往左往《うおうさおう》して、城下だけではなく港や漁村の隅々まで必死に駆け回って姫を探していた。

(これは、姫が見つかるまで待つしかない……)

女は思い、さらに城下の動静に気を配ろうと決意した。

そして女の頭の中に、なぜかまた、あの気になる二人の顔が浮かんでしまったのだった……。

第一章　半年ぶりの女体に陶然《とうぜん》

一

「ああ、とうとう小田原まで帰ってきたなあ。明日は半年ぶりの江戸だ」

「ええ、また相模屋《さがみや》へ泊まりますか。綺麗《きれい》な母娘《おやこ》のいる」

藤丸《ふじまる》が言うと、弥助《やすけ》も懐《なつ》かしさに笑みを浮かべて答え、日暮れでも活気のある城下へと入っていった。

半年前、二人は一緒に江戸を発《た》って旅に出た。

藤丸は三十一歳、二千石の小普請奉行《こぶしんぶぎょう》を務めていた当主の妾腹《めかけばら》で、長く居《い》候《そうろう》をしながら春画《しゅんが》絵師をしていた。

彼は二十四貫（約九十キログラム）の大兵《だいひょう》肥満で、旅に出てからは髷《まげ》を面倒がり坊主頭にしてしまった。

弥助は十九歳、素破《すっぱ》の里の出で江戸で武家奉公をしていた。

そして当主の代が替わったのを機に、藤丸と弥助は江戸の屋敷を出て、気ままな旅に出たのである。

二人は、まずお伊勢《いせ》へ行ってお詣《まい》りをし、それから京大坂《きょうおおさか》に行き、土地土地の親分に挨拶《あいさつ》をして、境内《けいだい》などで藤丸は絵を売り、弥助は軽業《かるわざ》を見せて小銭を稼《かせ》いで旅を続けた。

もちろんその日暮らしの稼ぎしかなく、木賃宿《きちんやど》に泊まり、女など買う余裕もなく、素人《しろうと》女と懇《ねんご》ろになれるような機会にも恵まれず、半年の間、色んな景色や風物《ふうぶつ》に触《ふ》れて江戸へ戻ろうとしていたのである。

「なんか、物々《ものもの》しいですね。役人が多く走り回ってます」

城下に入ると、鉢《はち》巻《ま》きに襷《たすき》掛けをした役人たちが通りを行き交《か》っていた。

「ああ、城で何かあったのかな。それよりさっき境内で、じっとお前の軽業を見ていた女がいたな」

ふと、藤丸が思い出したように言った。

「ええ、男のなりをした二本差しで、二十半《なか》ばぐらいの、気の強そうな良い女でした。当地を治《おさ》める喜多岡《きたおか》藩の家臣でしょう」

「お前に岡惚《おかぼ》れしたかな」

「まさか。そんな良いことなんか、今まで一度も無かったじゃないですか」

弥助が言うと、藤丸も苦笑した。

「ああ、その通りだ。それにしても、そろそろ女が欲しいな」

「ええ、半年何もありませんでしたから。もっとも江戸で恵まれすぎていましたからね」

歩きながら二人は話した。何しろ木賃宿《きちんやど》では、三畳間に二人で寝ていたから手すさびなど出来ず、厠《かわや》で急いで抜くしかなかったのだ。

もちろん弥助の忍びの術があれば、金銭を掠《かす》めるぐらい造作《ぞうさ》もないのだが、術は悪事や、自分たちが楽をするために使ってはいけないという里の掟《おきて》を、彼は律儀《りちぎ》に守っていたのである。

そして藤丸も、困窮《こんきゅう》の旅をどこか飄々《ひょうひょう》と楽しんでいたから、弥助を唆《そそのか》すようなことは一度もしなかった。

「よし、明日は江戸だからな。旅の最後の夜ぐらい奮発《ふんぱつ》して部屋を別にしよう。美人女将《おかみ》に看板娘もいるのだから口説《くど》きたい」

「いいですね。そうしましょう」

今日は思いのほか実入りがあったので藤丸が言い、弥助も賛成した。

相模屋は、江戸を発った半年前、二人が最初に泊まった小さな旅籠《はたご》であり、夫に先立たれた女将の菊枝《きくえ》は三十半ば、その娘の小梅《こうめ》も今年は十八になったことだろう。

その相模屋の暖簾《のれん》を二人がくぐると、

「いらっしゃいませ。まあ、お久しゅうございます」

女将の菊枝が出てきて、すぐに満面に笑みを浮かべて迎えてくれた。

「おお、覚えているか。この藤丸を」

「ええ、もちろんです。私も小梅も顔を描いてもらいました。今も大切にしていますので」

菊枝が言い、すぐに小梅も水を張った盥《たらい》を持って出てきた。

「小梅ちゃん、綺麗になったね。覚えてるかな、弥助だよ」

「はい、庭の柿をもぐのを手伝ってもらいました」

看板娘の小梅も、まだ婿《むこ》は取っていないようで、可憐《かれん》な笑窪《えくぼ》を見せて三和土《たたき》に盥を置いた。

二人で草鞋《わらじ》と足袋《たび》を脱ぎ、脚絆《きゃはん》を解いて盥に足を浸《つ》けると、母娘がそれぞれ甲斐甲斐《かいがい》しく洗ってくれた。屈《かが》み込む小梅の胸元を見て、半年前より膨《ふく》らみが豊かになってきたなと弥助は思った。

やがて雑巾《ぞうきん》で拭《ふ》いてもらい、二人は上がり込んだ。

「そうだ、少々実入りがあったので、食事は一緒だが、寝る部屋は別にしたい」

「承知しました。では藤丸様は離れで、弥助様は奥のお部屋へ」

藤丸が言うと菊枝が答え、それぞれの部屋へ荷を置きに行った。

荷と言っても、僅《わず》かな着替えの入った振り分け荷物と道中差《どうちゅうざ》しだけ。笠などはボロボロになったので途中で捨ててしまった。

文化《ぶんか》二年（一八〇五）弥生《やよい》（三月）。冬の旅は厳しいものがあったが、ようやく暖かな陽射《ひざ》しと、江戸が近いこともあり弥助の心は明るかった。

合羽《かっぱ》を置いて着物と股引《ももひき》を脱ぎ、宿の浴衣《ゆかた》に半纏《はんてん》を羽織《はお》ると、弥助はすぐに湯殿へ行った。

他の客はいないようで、弥助は全裸になって身体を洗い流した。

湯に浸かってから立ち上がって格子《こうし》の隙間《すきま》から見ると、奉公人らしい少女が薪《まき》をくべている。顔が煤《すす》で真っ黒だったが、手足は細く色白だった。

すると、そこへ小梅が来た。

「ここはいいから、厨《くりや》へ行ってね」

小梅が言うと、少女は頷《うなず》いて立ち、裏から厨へと回っていった。

「弥助さん、お湯加減はいかがですか」

小梅が声を掛けてきた。

「うん、ちょうどいいよ。今のはお手伝いの子？」

「ええ、来たばかりなんですよ。それより藤丸様は？」

「あの人は朝風呂が好きなんだ。今は夕餉《ゆうげ》まで横になってると思う」

弥助は答えた。互いに風呂場も手すさびの場所だから、気を遣い合って一緒に入浴はしないことにしてきたのである。

それより弥助は、格子越しに小梅と話しているとムクムクと勃起してきてしまった。

「小梅ちゃんは、まだ婿を取らないのかい？」

「それが、近々話が進みそうなんですけど、どうにも気が乗らなくて」

「どうして」

「男と女のことが、何だか恥ずかしくて気が引けるんです。所帯《しょたい》を持ってからでは、やっぱり嫌だなんて言えないし」

小梅がモジモジと言うのを聞くと、弥助も射精しない限り落ち着けないほど、最大限に肉棒が突っ張ってしまった。

「大丈夫だろうよ。婿に来るんだから大人《おとな》しく言いなりになる男だろうし、そんなに一物が違っているわけではないんだから」

「そうなんですか？」

「見てみるかい？」

「いえ、その……どちらにしろお背中を流しにそちらへ参ります」

小梅が言い、裏から湯殿に入ってきた。

裾《すそ》をからげてムッチリした健康的な脚を見せ、まずは糠袋《ぬかぶくろ》で彼の背中を擦《こす》ってくれた。

「本当は、お客様の背中なんか流さないんですけど、弥助さんは特別です。半年前に、必ずまた寄るって言って下さったから」

「ああ、あの時も私は小梅ちゃんが好きだったけど、何しろ旅に出たばかりだから慌ただしく発ってしまったんだ」

「そう……」

小梅は彼の背から腰まで擦り、後ろで身を硬くしていた。

そして肩越しに、美少女の甘酸っぱい息を感じると、もう彼は我慢できず向き直ってしまった。

「ほら、見て」

「あん……」

勃起した一物を突き出して言うと、小梅は肩をすくめて小さく声を洩《も》らしたが、熱い視線は逸《そ》らせないようだった。

「見るの初めて？」

「ええ……」

「いいよ、触っても」

股を開いて言うと、小梅も好奇心に熱い視線を注ぎ、そろそろと両手で包み込むように触れてきた。

「硬いわ。こんなに大きくて、邪魔じゃないんですか……」

「普段は柔らかくて小さいんだ。好みの女を前にすると、交接できるように、こんなふうに勃つんだよ」

弥助は生娘《きむすめ》との無邪気《むじゃき》な会話と愛撫に高まり、ヒクヒクと幹《みき》を震わせた。

「動いているわ……、でも、こんな大きいのが入るのかしら……」

「入るよ。小梅ちゃんの陰戸だって、いじったり舐《な》めたりすれば、入れやすいように濡れてくるだろうからね。いじって濡れたことあるだろう？」

「す、少しだけならあるけど、な、舐めるって……」

「ああ、惚《ほ》れ合えばどこだって舐め合うんだからね」

「誰でも？」

「うん。小梅ちゃんのも見せて」

弥助は、半年ぶりの女を前に、もう後戻りできなくなってしまった。

二

「じゃ、裾をめくって立ってね」

弥助が言うと、小梅も裾をたくし上げながら素直に立ってくれた。

完全に股間が丸出しになると、弥助は簀《す》の子に座って顔を寄せた。ぷっくりした丘には、楚々《そそ》とした若草が恥ずかしげに煙《けぶ》り、割れ目からはみ出した桃色の花びらは、僅かに湿っていた。

鼻を埋め込み、柔らかな恥毛に擦り付けて嗅《か》ぐと、隅々に生ぬるく籠《こ》もって蒸れた汗とゆばりの匂いが、悩ましく鼻腔《びこう》を刺激してきた。

舌を挿《さ》し入れ、陰唇の内側を探ると、

「アア……！」

小梅が熱く喘《あえ》ぎ、ガクガクと膝《ひざ》を震わせた。

舌先で無垢《むく》な膣口の襞《ひだ》をクチュクチュ掻《か》き回すと、淡い酸味の蜜汁《みつじる》が滲《にじ》んで舌の動きを滑《なめ》らかにさせた。

そのままツンと突き立ったオサネまで舐め上げていくと、

「あう……、駄目《だめ》……」

小梅がビクリと反応して呻《うめ》き、とうとう股間を引き離してしまった。やはり初回から刺激が強すぎたのかもしれない。

「じゃ、後ろを向いて」

弥助も深追いせずに言い、彼女を後ろ向きにさせ、前屈みで風呂桶《おけ》のふちに掴《つか》まらせた。

そして裾をめくり、突き出された白く丸い尻の谷間に鼻を埋め込んだ。

張りのある双丘に顔中を密着させて嗅ぐと、可憐な桃色の蕾《つぼみ》に籠もる微香が、馥郁《ふくいく》と胸に沁《し》み込んできた。

充分に嗅いでから舌を這《は》わせ、細かに収縮する襞を濡らしてからヌルッと潜り込ませ、滑らかな粘膜を探った。

「あん……。駄目よ、そんなこと……」

小梅が驚いたように言い、反射的にキュッと肛門で舌先を締め付けてきた。

なおも内部で舌を蠢《うごめ》かすと、もう彼女は立っていられないように身を震わせ、風呂桶のふちに摑まりながらクタクタと座り込んでしまった。

弥助も立ち上がって小梅の前に回り、そっと唇《くちびる》を重ねた。

柔らかな弾力と唾液《だえき》の湿り気が伝わり、舌を挿し入れて滑らかな歯並びを舐めると、小梅も歯を開いて舌を触れ合わせてくれた。

「ンン……」

彼女が小さく鼻を鳴らし、弥助は滑らかに蠢く美少女の舌と清らかな唾液のヌメリを味わった。

そして舌をからめながら、そっと指を濡れた陰戸に這わせると、

「ああッ……」

小梅が口を離して喘ぎ、弥助は湿り気ある甘酸っぱい息の匂いに激しく高まってしまった。陰戸は新たな蜜汁に潤《うるお》い、指の動きも滑らかになった。

やがて彼は立ち上がり、風呂桶のふちに腰を掛けながら、彼女の鼻先に先端を

突き付けた。

「ね、お口で可愛《かわい》がって」

言うと、小梅も息を弾《はず》ませながら、あらためて一物に迫り、粘液の滲む鈴口にチロリと舌を這わせてくれた。

「あう、気持ちいい……」

弥助が幹を震わせて呻くと、小梅も彼の悦《よろこ》びに元気づけられたように、張り詰めた亀頭にしゃぶり付いてきた。

無邪気に含む彼女の頬が上気し、可憐な笑窪が浮かんだ。

熱い鼻息が恥毛をそよがせ、口の中では探るようにクチュクチュと舌が蠢き、一物全体は清らかな唾液に温かくまみれた。

「い、いきそう……」

久々で、溜まりに溜まっている弥助は急激に高まり、口走りながらズンズンと股間を突き上げてしまった。

小梅も懸命に堪《こら》え、唾液に濡れた唇でスポスポと雁首を摩擦してくれ、舌の蠢きと吸引を続行した。

「く……！」

たちまち昇り詰め、弥助は大きな絶頂の快感に呻いた。

同時に、熱い大量の精汁がドクンドクンと勢いよくほとばしり、小梅の喉《のど》の奥を直撃した。

「ク……」

彼女が呻き、驚いて口を離すと、余りの精汁が脈打つように飛び散った。

弥助は快感の最中だが、彼女の着物を汚さないよう噴出を手のひらに受けた。

そして最後の一滴まで出し尽くすと、小梅も不思議そうに見つめながら、なおも幹をニギニギと刺激してくれた。

すると鈴口から、白濁した余りの雫《しずく》が脹《ふく》らんできた。

「これが、子種の入った精汁……？　生臭いけど、嫌じゃないです……」

小梅が言い、すでに口に飛び込んだ最も濃厚な第一撃は飲み込んでくれたようだった。

さらに舌を伸ばし、先端から滲む雫も丁寧に舐め取ってくれたのである。

「あう、もういいよ、どうも有難《ありがと》う……」

弥助が過敏にヒクヒクと幹を震わせながら言うと、ようやく小梅も舌を引っ込めたのだった。

「ごめんよ。嫌じゃなかった？」

「ええ、大丈夫です。じゃ戻りますね」

小梅は心配するほどのこともなく、笑みを浮かべて答えると、裾を直して湯殿を出て行った。

弥助も手と股間を洗い、もう一度湯に浸かりながら、久々の快感と、美少女の匂いや感触、味を思い出しながら、またすぐにも回復しそうになってしまったのだった……。


――部屋に戻ると、二人分の夕餉の膳が仕度《したく》されており、間もなく藤丸も離れからやって来た。行燈《あんどん》に火が灯《とも》され、外もすっかり日が落ち、夕闇《やみ》が迫りはじめていた。

「ああ、少し眠って疲れが取れたよ。お前、何だかすっきりした顔つきになっているぞ」

藤丸が目ざとく弥助を見て言った。

「はあ、湯殿で抜きましたので」

「そうか、まあ一杯やろう」

藤丸が言い、頼んでおいた銚子《ちょうし》を傾けてくれた。

今までの旅では、酒など飲むことは一度も無かったのだが、藤丸も江戸が近いことで浮かれているようだった。

弥助も少しだけ飲み、干物と蒲鉾《かまぼこ》の夕餉を済ませた。藤丸は、今夜は寝るだけなので銚子をお代わりしていた。

と、そこへ菊枝が入ってきた。

「あの、御用改《ごようあらた》めですが」

「なに」

藤丸が答えると、すぐに昼間境内で見た女武芸者が入ってきた。

「私は喜多岡藩の剣術指南《しなん》役、相良美雪《さがらみゆき》。二十歳《はたち》前の見目麗《みめうるわ》しい娘を探しているのだが、見なかっただろうか」

彼女、美雪が二人を見つめて男言葉で言った。

切れ長の目が吊るほど長い髪を後ろで引っ詰め、長身で眉《まゆ》が濃く、凛然《りんぜん》とした美丈夫《びじょうふ》である。仁王《におう》立《だ》ちになっているが、さすがに大刀は鞘《さや》ぐるみ抜いて右手に持っていた。

「いや、来たばかりなので心当たりはないが」

藤丸が、盃《さかずき》を傾けながら答えた。

「お手前は武士か」

美雪が、藤丸の所作《しよさ》を見ただけで言った。

「ああ、永江《ながえ》藤丸。今は浪々《ろうろう》の絵師だが、江戸の家は二千石の旗本《はたもと》である」

「そ、それは失礼を」

美雪は膝を突いて言い、ジロリと弥助を睨《にら》んだ。

「その方は素破だな」

彼女は、境内での弥助の軽業で見抜いていたようだ。

「ええ、隠しはしません。弥助と申します」

「左様《さよう》か。役人たちの通り一遍《いっぺん》の探索では埒《らち》が明かん。手伝《てつど》うてくれれば褒賞《ほうしょう》は弾《はず》むが」

美雪が言い、軽く頭を下げた。

「おお、弥助、力を貸してやれ。ここの支払いを終えて無一文で江戸へ行くのも難儀だからな」

藤丸が言い、銚子を空《から》にすると立ち上がり、離れへ戻っていった。

それを見送り、美雪が弥助に向き直った。

「お助け下さるなら仔細《しさい》を話したい。当藩の秘密なので内聞《ないぶん》に」

「え、ええ……藤丸様があぁ言うのだから、お断りするわけにいきません。伺《うかが》いましょう」

「探しているのは、当藩の姫、十九になる香穂《かほ》様」

美雪が話しはじめた。

香穂は側室の娘で、近々駿州《すんしゅう》へ輿《こし》入れすることが決まっていたが、今日の昼間に失踪。どうやら婚儀《こんぎ》を拒《こば》んでのことのようであった。

三

「お姫様なら、お城など出たことはないのでは？」

弥助は、美雪に訊《き》いた。

「城なら人も多く、出入りも厳重なのだが、姫が滞在していたのはここからも近い、海岸沿いにある中屋敷だった」

「なるほど。ならば人も少ないでしょうからね。じゃ一緒に外を回ってみましょうか」

弥助は言って腰を上げた。

「忝《かたじけな》い。姫に万一のことがあれば腹を切る所存《しよぞん》だが、とにかく無事に見つけることが第一」

美雪は言って立ち上がり、足早に玄関に向かった。弥助も半纏姿のまま従い、宿の草履《ぞうり》を借りた。

「少し出て来ますね」

「ええ、どうかお気を付けて」

言うと菊枝が答え、不安そうに見送ってくれた。

美雪とともに走るように南に向かうと、やがて潮《しお》の香が感じられた。

「あれが中屋敷。姫はお庭を散策中で、誰もが油断しているときに姿が見えなくなった」

美雪が、彼方《かなた》の松林に囲まれた屋敷を指して言った。

香穂は城ではなく、婚儀が決まってから気鬱《きうつ》になって、中屋敷で療養《りようよう》していたようだ。

「拐《かどわ》かされたのではなく、自身で屋敷を出られたのですね」

「おそらく」

「近在に知り合いは？」

「何人かいる。幼い頃も中屋敷にいることが多かったので、町娘たちをお遊び相手として屋敷に招いていた。だが、女たちの家を全て回ってみたが、いない」

「そうですか」

弥助は答え、屋敷周辺を回り、外を知らないものが、どのような方向に惹《ひ》かれるのか判断してみた。

賑《にぎ》やかな城下は人が多く紛《まぎ》れやすいが、絢爛《けんらん》たる着物では人目に付くだろう。目立つところはすでに役人が回っているだろうから、弥助は漁村の周辺を歩き回ってみた。

「ここらも昼間、一通り回ったのだが」

美雪が、甘ったるい汗の匂いを漂わせて言った。半日、必死に探し回っているのだろう。

彼女は役人ではないが、どうやら中屋敷の警護を任されていたようで、大きな責任を感じているようだった。

「夜も更《ふ》けた。考えてみればこの地に疎《うと》いそなたに頼むのも無理があったか。藁《わら》にも縋《すが》る思いだったのだ。やはりあとは我らで探すので、宿へ帰ってくれ。済まなかった」

「いえ」

美雪が言い、弥助も頷いて一礼した。

そして彼女と別れ、相模屋への帰り道にも、めぼしいところを探りながら半刻（約一時間）ほどで戻ったのだった。

「お帰りなさい」

菊枝が出迎え、戸締まりをした。

「藤丸様は？」

「もう離れで大鼾《いびき》です」

「そう、じゃおやすみなさい」

弥助は言い、奥の部屋に入った。すでに膳は片付けられ、床が敷き延《の》べられている。

すると、すぐに寝巻姿の小梅が忍んできたのだった。

「実は、姫様はうちにいるんです」

小梅が、緊張に頬《ほお》を強《こわ》ばらせて言う。

「ああ、やはり風呂焚きを手伝っていた子ですか」

「わ、分かっていたのですか……」

弥助が言うと、小梅は目を丸くした。

「顔を煤で汚していたし、薪をくべる手つきも覚束《おぼつか》なかったので」

弥助は答えた。

どことなく、彼女には町娘とは違う気品があったし、美雪や役人が必死に探して見つからないのだから、誰かに匿《かくま》われていると思うのが自然である。

「どうして美雪様に言わなかったのです」

「それは、匿う以上何か事情があると思ったからです」

「有難うございます。姫様には思う人がいて、どうしても嫁《とつ》ぐ気にならないようですので。私は幼い頃から、一番仲良しのお遊び相手でしたから、気性も良く存じています」

間もなく婿を迎えようとしている小梅も、気の進まぬ香穂の気持ちが分かるのだろう。

「そう、でもこのままでは美雪さんは腹を切るでしょうね」

「ですから、明日にも美雪様を呼んで事情をお話ししようかと思います。姫様もようやくその心づもりになったようですから」

事情を打ち明けた小梅が言い、ほっとしたように小さく息を吐いた。

ならば一件落着だろうと、弥助は目の前の美少女に淫気を湧《わ》かせはじめてしまった。

「全ては明日のことなので、どうか今は、さっきの湯殿の続きをしませんか」

弥助はにじり寄り、小梅の手を握《にぎ》って布団に引き寄せた。

女将の菊枝は、匿っている香穂のそばにいることだろう。

小梅も気持ちを切り替えたように、素直に横になった。

帯を解いてシュルッと引き抜き、寝巻を左右に開くと、無垢な白い膨らみが現われた。

菊枝も艶《なま》めかしく豊満な方だから、それに似て小梅の乳房も豊かになる兆《きざ》しを見せているようだ。

小梅は、諦《あきら》めたように婿取りを覚悟していながらも、好奇心に突き動かされたのか身を投げ出していた。恐らく半年前から弥助に好意を抱き、また来てくれることを願っていたのだろう。

「ああ、可愛い……」

弥助は言って屈み込み、薄桃色の乳首にチュッと吸い付き、舌で転がしながら膨らみに顔中を押し付けて無垢な感触を味わった。

「ああ……」

小梅がビクッと反応して喘ぎ、乳首もコリコリと硬くなってきた。

しかも湯殿での下地もあるから、もうためらいなく身を投げ出して彼の愛撫に全てを委《ゆだ》ねていた。

弥助は左右の乳首を順々に含んで舐め回し、乳房の柔らかさの中にある、生娘の硬い張りと弾力を堪能《たんのう》した。

さらに腕を差し上げ、和毛《にこげ》の煙る腋《わき》の下にも鼻を埋め込んだが、残念ながら湯上がりらしく、濃厚な汗の匂いは感じられなかった。

滑らかな肌を舐め降り、可憐な臍《へそ》を舐め、腰から脚を舐め降り、足裏にも舌を這わせた。

しかし指の股も蒸れた匂いは薄く、それでも彼は久々の女体を味わい、爪先《つまさき》にしゃぶり付いて舌を割り込ませていった。

「あう、駄目……」

小梅が驚いたように呻き、ビクリと脚を強ばらせた。

弥助は両足ともしゃぶり尽くすと、大股開きにさせ脚の内側を舐め上げて股間に迫っていった。

茂みに鼻を埋め込んで嗅ぐと、生ぬるく湿った汗の匂いがほのかに籠もっているだけだった。

「ああ、湯上がりだから、匂いが薄れてしまって残念」

「アア、さっきは匂ったのね……」

股間から言うと、小梅が羞恥《しゅうち》に声を震わせ、内腿《もも》でムッチリときつく彼の両頬を挟《はさ》み付けてきた。

「でも、さっきよりずっと濡れているよ」

「い、言わないで……、あう……!」

弥助が言いながら舌を這わせると、小梅が白い下腹をヒクヒク波打たせて熱く呻いた。

彼は淡い酸味のヌメリをすすり、無垢な膣口の襞をクチュクチュ掻き回し、滑らかな柔肉《やわにく》をたどってオサネまで舐め上げていった。

「ああ……、そこ……」

小梅が顔を仰《の》け反《ぞ》らせて言い、内腿に力を入れた。

チロチロと舌先で弾《はじ》くようにオサネを刺激すると、たちまち淫水の量が増して舌の動きが滑らかになった。

「も、もう堪忍《かんにん》……」

小梅は、小さく気を遣《や》る波を受けてガクガクと腰を跳《は》ね上げながら、必死に声を絞り出した。

弥助も身を起こして股間を進め、幹に指を添えて先端を擦り付け、ヌメリを与えながらゆっくりと膣口に挿入していったのだった。

四

「あう……、嬉《うれ》しい……」

ヌルヌルッと根元まで押し込むと、小梅が微《かす》かに眉《まゆ》をひそめて呻きながらも、身を重ねた弥助に両手を回してきた。

彼も肉襞の摩擦ときつい締め付け、熱いほどの温もりと潤いに包まれながら、ピッタリと股間を密着させた。

半年ぶりの女体が、可憐な生娘で実に嬉しかった。

胸で乳房が押しつぶされて弾み、恥毛が擦れ合い、コリコリする恥骨の膨らみまで伝わってきた。

「動いてもいいかな。痛かったら言って」

「ううん、大丈夫……、アア……」

囁いて、そろそろと腰を突き動かしはじめると小梅が喘いで、しがみつく両手に力を入れてきた。

様子を見ながら動いていたが、何しろ溢《あふ》れる淫水が多いので、すぐにも律動《りつどう》が滑らかになり、クチュクチュと湿った摩擦音が聞こえてきた。

たちまち快感が突き上がり、すぐにも弥助は生娘への気遣いも忘れ、腰の動きが止まらなくなってしまった。

上から唇を重ね、ぷっくりした弾力を味わいながら舌を挿し入れると、

「ンン……」

小梅も熱く鼻を鳴らし、滑らかに舌をからめてくれた。

生温かく清らかな唾液を味わっているうち、いつしか彼は股間をぶつけるほど激しく動いていた。

「ああッ……！」

小梅が口を離して喘ぐと、彼は開いた口に鼻を押し込み、美少女の湿り気ある

甘酸っぱい息を胸いっぱいに嗅いだ。

その途端《とたん》に弥助は、大きな快感に全身を貫かれて昇り詰めてしまった。

「く……！」

突き上がる絶頂の波に呻き、ありったけの熱い精汁をドクンドクンと勢いよくほとばしらせると、

「あ、熱いわ……」

噴出を感じたように小梅が口走り、キュッキュッときつく締め付けてきた。

まだ気を遣るには到らないだろうが、彼が昇り詰めたことが無意識に分かり、高まりが伝わったかのように彼女も身悶《みもだ》えていた。

狭い内部に満ちる精汁で、さらに動きがヌラヌラと滑らかになった。

弥助は心ゆくまで快感を嚙み締め、最後の一滴まで出し尽くしていった。

すっかり満足して動きを止めても、膣内は息づくような収縮を繰り返し、過敏になった一物がヒクヒクと内部で跳ね上がった。

そして彼は、小梅の熱い果実臭の吐息を嗅ぎながら、うっとりと快感の余韻《よいん》を味わったのだった。

「ああ、最初が弥助さんで良かった……」

小梅が、荒い息遣いを繰り返しながら囁いた。

「そう、それなら私も嬉しい」

「これで、情交がどういうものか分かりました」

「ああ、誰もが足や陰戸を念入りに舐めるとは限らないけど、順々に求めて慣らしていくといいよ」

弥助は言い、呼吸を整えると、そろそろと股間を引き離し、懐紙《かいし》で互いの股間を拭《ぬぐ》った。

「あ、私が……」

「いいよ、じっとしていなさい」

慌てて身を起こそうとする小梅を制し、彼は股間に潜《もぐ》り込んだ。

痛々しく陰唇がめくれ、膣口から逆流する精汁にはうっすらと血が混じっていたが、わずかな量ですでに止まっていた。

優しくヌメリを拭い取ってやると、ようやく小梅も起き上がって身繕《みづくろ》いした。

後悔している様子もないので、弥助も安心したものだった。

「姫が戻るというのなら、今夜のうちに美雪さんに報《しら》せてもいいかな。夜通し探索するだろうし、疲れと責任感から腹を切ってしまうかもしれないので」

「はい、お願いできますか」

「うん、じゃとにかく美雪さんに言って休ませるので、明日の朝、皆で話し合おう。それでいいね」

「ええ、姫様も、逃げ出したとはいえ、多くの家臣に迷惑がかかっていることを悔いているようですから」

「じゃ、行くよ」

弥助は言い、手早く身繕いをして裏から出ることにした。

「よろしくお願いします」

小梅も言って彼を見送り、そして自分の部屋へ戻っていったのだった。

五

(やはり情交は良い。身体が軽くなったようだ)

弥助は思い、裏にあった草履を履いて垣根を跳び越え、浜の方へと走った。

もう役人たちは諦め、いったん引き返したのだろうか、夜の町は実に静かだった。

しかし美雪は警護の長だから、一人でも探索を続けていることだろう。

浜の外れに行くと、草の斜面に誰かがうずくまっていた。風下で、記憶にある甘い体臭が感じられたので、弥助は美雪と確信して駆け寄った。当然、その匂いで自害していないことも分かった。

駆けつけると、美雪は疲れ果てて座り込み、首を垂れて眠り込んでいた。気配も分からず目覚めないとは、相当困憊《こんぱい》しているようだ。

「美雪様」

「え……？」

肩を揺すって声を掛けると、美雪がハッと顔を上げた。

「弥助か……」

「姫様が見つかりました」

「なに、本当か！」

言うなり彼女は立ち上がり、弥助に詰め寄ってきた。

「どこだ！」

「その前に、約束して下さい。匿った人を咎《とが》めないと」

「おのれ、あの相模屋か！」

弥助の言葉など耳に入らないように、彼を振り切って美雪は駆け出した。

疲労と寝起きの混乱で、我を忘れているのだろう。

「お待ちを」

弥助は前に回り、彼女を冷静にさせようとした。

「邪魔するな!」

すると美雪は怒鳴《どな》るなり、いきなり抜刀して斬《き》りつけてきたのだ。

弥助は、その懐《ふところ》に飛び込んで手首を掴み、腰を捻《ひね》って投げつけた。美雪は一回転して宙を舞い、その刀も弥助に奪い取られていた。

「わ……、貴様……!」

投げられながら辛《かろ》うじて反転し、片膝突いた美雪が向き直り、脇差《わきざし》に手をかけた瞬間、弥助がくるりと回して投げた刀が鯉口に入り、パチーンと鍔《つば》鳴りをさせて鞘に納まった。

「ヒッ……!」

刺されたような錯覚に美雪は息を呑《の》み、再び尻餅《しりもち》をついた。

だが、それで毒気が抜けたようだった。

「す、済まぬ……、つい……」

美雪は言い、彼が手を差し出すと握って身を起こした。

「それにしても、私の抜き打ちを躱《かわ》すとは……」

彼女が息を弾ませて言った。剣術自慢の鼻を折られたことが相当に衝撃だったようだ。

生ぬるく甘ったるい匂いがさらに濃く漂い、疲労と寝起きで濃くなった吐息が花粉のような甘さを含んで、彼の鼻腔を悩ましく刺激してきた。

弥助は、思わず顔を寄せて唇を重ねてしまった。

「な、何をする……」

慌てて離れて声を上げたが、美雪はもう攻撃する気力も失ったようで、手の甲で唇を拭った。

「もしかして、生娘なのですか」

「あ、当たり前だ。剣一筋に生き、生涯を奉公に捧げるつもりなのだから」

「でも、それでは男と女の気持ちは分からないでしょう。姫様には好いた人がいて、それで婚儀を嫌がって逃げたのですから」

「なに……」

弥助が言うと美雪は身を硬くし、じっと彼の目を見た。

「もう姫様は眠っておられますので、とにかく朝になったら話し合いましょう」

弥助は言い、月明かりに照らされた美しい顔を見つめた。

「私と情交しましょう。そうしたら、姫様の気持ちも分かりますよ」

「情交の快楽ぐらい知っている……」

「それは張り型ですか」

言うと美雪が唇を嚙《か》んだ。どうやら図星《ずぼし》だったようだ。図抜けて長身で、気性が激しく、剣の腕も藩で随一の彼女は、藩士たちから恐れられ、婚儀の話も持ち上がらなかったのだろう。

「張り型より本物は良いですよ。姫を探し出した褒美《ほうび》に、抱かせて下さい。恐ろしければ諦めますが」

「お、恐ろしいなど、誰でもしていることを……」

「ならば、しましょう」

弥助が言うと、美雪は彼を見つめたまま少し思案《しあん》した。

「い、いいだろう。さっきは私の負けだ。勝ったものの自由にされても仕方がない。だが、私が上でなければ嫌だ」

美雪は、負けん気の強そうな濃い眉を吊り上げ、挑むような眼差《まなざ》しで言った。

「いいでしょう。美雪様が上で、好きにして下さい」

「ならば脱いで寝ろ」

「夜風は良くないです。相模屋の私の部屋へ行きましょう。姫様の近くの方が安心でしょうから、庭からそっと」

弥助が言って、先に歩きはじめると、美雪も颯爽《さっそう》と大股で従ってきた。

途中番屋に寄り、美雪は宿直《とのい》の男に、姫の無事が確認できたので探索は打ち切るようにと伝えた。

そして相模屋へと戻ると、弥助は裏木戸からそっと美雪を招き入れた。

もう菊枝と小梅、香穂も眠っているだろう。そして離れの方からは、藤丸の大鼾が聞こえていた。

「あの鼾は、大入道《おおにゅうどう》のものか」

「ええ、剛胆《ごうたん》な人です。さあ、こちらへ」

弥助は草履を脱いで縁側に上がり、障子を開けて自分の部屋に入った。

美雪も入って障子《しょうじ》を閉め、大小を鞘ぐるみ抜いて部屋の隅に置いた。

彼は手早く半纏と着物を脱ぎ去り、下帯一つになって布団に仰向《あおむ》けになった。

「それも解け」

「その前に、私からもお願いが」

「何だ、言え」

「とにかく美雪様も脱ぎましょう」

言うと、彼女も意を決して前紐を解き、袴《はかま》を脱いだ。

そして帯を解いて襦袢《じゅばん》ごと着物を脱ぎ去ると、男のような下帯も取り、たちまち一糸《いっし》まとわぬ姿になった。

さすがに肩と二の腕は逞《たくま》しく、乳房はそれほど豊かではないが、腹は筋肉が段々に浮き上がり、太腿も荒縄でもよじり合わせたように引き締まっていた。

全て脱ぎ去ると、内に籠もっていた濃厚な汗の匂いが解放され、甘ったるく室内に立ち籠めてきた。

「足の裏を、私の顔に乗せて下さい」

「なに、なぜだ」

「そうしてほしいからです。さあ」

弥助が言うと、美雪もやや緊張に頰を引き締めて近づき、彼の顔の横にスックと立った。

長い脚がスラリと真上に伸び、やがて彼女は壁に手を突いて身体を支え、そろそろと片方の足を浮かせ、そっと弥助の顔に乗せてきてくれた。

「ああ、何と妙な気持ち……」

道場では厳しく藩士たちに稽古《けいこ》をつけ、ときに足蹴《あしげ》にすることさえあるだろうに、やはり全裸で行なうのは勝手が違うようだ。

弥助も、足裏の感触を受け止め、太く揃った指の股に鼻を押し付け、ムレムレになった濃厚な匂いを貪《むさぼ》った。汗と脂の湿り気を含んだ匂いが胸を満たし、その刺激が悩ましく一物に伝わっていった。

逞しく大きな足裏に舌を這わせると、

「お、女の足の裏を舐めて嬉しいのか。やはり素破には武士の矜持《きょうじ》などないのだな。ならば私もためらいと羞《は》じらいを捨てるぞ……」

美雪が息を詰めて言い、さらにグイッと力を込めて踏みしめてきた。

弥助は充分に濃い匂いを嗅いでから、爪先にしゃぶり付いて、順々に指の股に舌を割り込ませて味わった。

「アア……、くすぐったい……」

美雪が喘ぎ、ガクガクと膝を震わせ、唾液に濡れた指先でキュッと彼の舌を挟み付けてきた。

弥助は足を替えてもらい、そちらも濃厚な味と匂いを貪り尽くした。

「では、顔を跨《また》いで、しゃがんで下さいませ」

「なに、まさか陰戸まで舐めようというのか……」

彼が言うと、美雪は期待と興奮に目をキラキラさせ、すぐにも跨がり、厠に入ったようにしゃがみ込んでくれた。

脹《ふく》ら脛《はぎ》と太腿がムッチリと張り詰め、股間が彼の鼻先に迫り、熱気と湿り気が顔中を包み込んできた。

黒々と艶《つや》のある恥毛が股間の丘に程よい範囲に茂り、割れ目からはみ出した桃色の花びらが僅かに開き、大きめのオサネがツンと突き立っていた。

そっと指を当てて広げると、まだ生きた男の一物は受け入れていない、無垢な膣口が花弁状に襞を入り組ませて息づいていた。

まさか半年ぶりに、いきなり二人の女を味わえるなど何という幸運だろうか。

しかも、それぞれ異なる種類の生娘なのである。

ポツンとした小さな尿口も確認でき、包皮を押し上げるように勃起したオサネは、何と親指の先ほどもあって光沢を放ち、まるで幼児の男根のようだった。

「アア……、私より強い男の顔に跨がるなど……」

美雪は、真下からの熱い視線と息を感じて声を震わせた。

弥助も腰を抱き寄せ、柔らかな茂みに真下から鼻を埋め込み、感触を味わいながら隅々に籠もった匂いを嗅いだ。

生ぬるく甘ったるい汗の匂いに、ゆばりの刺激が混じって悩ましく鼻腔を掻き回してきた。

胸を満たしながら舌を挿し入れて探ると、淡い酸味のヌメリが大量に溢れてきた。息づく膣口の襞をクチュクチュ掻き回し、大きく突き立ったオサネまで舐め上げると、

「ああッ……！」

美雪が熱く喘ぎ、思わずギュッと座り込みそうになりながら、懸命に彼の顔の左右で両足を踏ん張った。

姫の居場所が分かった安堵《あんど》もあり、むしろ極《きわみ》に達した疲労も興奮と快感に変わったようだった。

弥助は乳首でも吸うようにオサネを吸い、粗相《そそう》したように溢れてくる生温かな淫水で喉を潤した。

さらに引き締まった尻の真下に潜り込み、ひんやりした双丘を顔中に受け止め

て谷間に鼻を密着させた。

桃色の蕾は、年中道場で力を出しているせいか、枇杷《びわ》の先のように僅かに突き出て実に艶めかしい形状をしていた。

蕾には蒸れた汗の匂いに混じり、生々しい微香が籠もって悩ましく鼻腔を刺激してきた。

充分に嗅いでから舌を這わせ、収縮する襞を濡らしてからヌルッと潜り込ませて滑らかな粘膜を探った。

「あう……！　何をする……」

違和感に呻き、美雪はキュッときつく、肛門で舌先を締め付けてきた。

弥助は淡く甘苦いような、微妙な味わいのある粘膜を舐め回した。すると陰戸からトロトロと漏れた淫水が、鼻先を生温かく濡らしてきた。

彼は再び割れ目に戻ってヌメリをすすり、オサネに吸い付いていった。

「アア……、いい気持ち……」

すっかり美雪も正直な感想を洩らして喘ぎ、しゃがみ込んでいられず彼の顔の左右に両膝を突いた。

「弥助、嚙んで……」

と、美雪が言った。

どうやら微妙な愛撫より、痛いぐらいの刺激の方が好みのようだった。

弥助も前歯でそっとオサネを挟み、コリコリと軽く刺激してやりながら、なおもチロチロと弾くように先端を舐め回した。そして指を膣口にヌルッと潜り込ませ、小刻みに内壁を擦ると、

「あう、いきそう……」

美雪が、引き締まった下腹をヒクヒクと波打たせて呻き、キュッキュッと指を締め付けてきた。やはり張り型に慣れているだけあり、そこは通常の生娘とはわけが違うようだ。

「き、気持ちいい……、待って、堪忍……」

高まると、すっかり美雪も女らしい言葉遣いになってビクリと股間を引き離してきた。

やはり指と舌で気を遣ってしまうより、内心長年の念願だった挿入を経験したいのだろう。

弥助も指を引き抜き、仰向けのまま下帯を解いて勃起した一物を露《あら》わにした。

指は、攪拌《かくはん》されて白っぽく濁った淫水にまみれて湯気を立て、指の腹は湯上が

りのようにふやけてシワになっていた。

「ああ、危なかった。今度は私の番だ……」

まるで男のように、辛《かろ》うじて絶頂を堪《こら》えた美雪が言い、彼の顔から離れて移動していった。

そして弥助が大股開きになると、彼女は真ん中に腹這い、ためらいなく股間に顔を寄せてきたのだった。

第二章　姫が思う相手とは一体

一

「これが、本物の男……」

美雪が、弥助の一物に熱い視線を注《そそ》いで言った。

しかしまだ肉棒には触《ふ》れず、先にふぐりに指を這《は》わせてきた。

「これが金的の急所か。確かに玉が二つ……」

美雪は指で睾丸を転がして呟《つぶや》き、袋をつまんで肛門の方まで覗《のぞ》き込んできた。

「そうだ。私も舐《な》められて、夢のように心地よかったから、私もしてみよう」

彼女は独りごちるように言い、弥助の両脚を浮かせるなり、大胆にも尻の谷間に舌を這わせてきたのだ。

「あう、いいですよ、そのようなことしなくても……」

弥助は肛門を舐められ、申し訳ないような快感に呻《うめ》いて言った。

しかし美雪は彼を悦《よろこ》ばせるためではなく、自身の好奇心を満たすため、ヌルッと長い舌を潜《もぐ》り込ませてきた。

「く……！」

弥助は妖《あや》しい快感に息を詰めて呻き、モグモグと味わうように、肛門で美人武芸者の舌先を締め付けた。

美雪が熱い鼻息でふぐりをくすぐり、厭《いと》わず内部で舌を蠢《うごめ》かせると、一物は内側から刺激されるように、ヒクヒクと上下に震えた。

やがて彼女は弥助の脚を下ろして舌を引き離し、そのままふぐりを舐め回して二つの睾丸を転がした。

「どこも匂わない。素破《すっぱ》とはそうしたものか」

「いえ、夕刻に風呂に入っただけです」

「私は匂っただろう。半日余り動き回っていたし」

「ええ、でも匂いが濃い方が淫気が増しますので」

「ああ、やはり相当匂ったのだな……」

美雪が息を震わせて言う。やはり強がっていても、ちゃんと羞恥心《しゅうちしん》のある女なのである。

そして美雪は一物をやんわり握《にぎ》り、いよいよ先端に迫った。

「やはり、張り型と違い、血が通っていると愛《いとお》しい……」

彼女はニギニギと感触を確かめるように幹《みき》を包み、張り詰めた亀頭にも触れてきた。

「入れて良いか」

「その前に、唾《つば》で濡らして下さい。張り型も舐めてから入れるのでしょうから」

美雪が言うので、弥助も快感への期待に幹を震わせて答えた。

彼女も口を寄せながら、最後のためらいを見せた。

肛門やふぐりは舐めてくれたのに、やはり彼女の中で、一物は特別なものなのだろう。

ようやく意を決して舌を伸ばし、粘液の滲《にじ》む鈴口をチロチロと舐め、そのまま張り詰めた亀頭にしゃぶり付いてきた。

「ああ、気持ちいい……」

弥助が喘《あえ》ぐと、彼女も勇気づけられたようにモグモグと根元までたぐるように呑《の》み込み、深々と含んでくれた。

熱い鼻息が恥毛をくすぐり、彼女は幹を丸く締め付けて吸い付いた。

口の中では、滑《なめ》らかな舌がクチュクチュとからみつくように蠢き、たちまち肉棒全体は生温かな唾液《だえき》にどっぷりと浸り込んだ。

やがて美雪はスポンと口を引き離し、身を起こして前進した。

仰向《あおむ》けの彼の股間に跨《また》がり、自らの唾液に濡れた先端に、割れ目を押し付けてきた。

「いいか……」

それは本来なら男の台詞《せりふ》なのだが、美雪はあくまで自分の意思で主導権を握り男を犯《おか》すように先端を膣口に受け入れた。

そして亀頭が潜り込むと、あとは重みと潤《うるお》いに助けられ、ヌルヌルッと根元まで嵌《は》まり込んでしまった。

「アア……！」

美雪がビクッと顔を仰《の》け反《ぞ》らせて喘ぎ、完全に座り込んで股間を密着させた。

弥助も、心地よい肉襞《ひだ》の摩擦を受けながら、股間に重みと温もりを受けて快感を味わった。

久々の女体だが、小梅相手に口と陰戸に射精しているから暴発の心配はなく、心ゆくまで感触を味わうことが出来た。

まだ動かず、美雪は味わうようにキュッキュッと締め付けてきた。

そして股間を密着させたまま、ゆっくり身を重ねてきたので、弥助も両手を回して抱き留め、僅《わず》かに両膝《ひざ》を立てて尻を支えた。

顔を上げて潜り込み、初々《ういうい》しい色合いの乳首にチュッと吸い付くと、

「く……」

美雪も小さく呻き、感じたように胸を突き出してきた。

弥助は舌で転がし、左右の乳首を交互に含んで舐め回した。

腋《わき》の下にも鼻を埋め込むと、湿った腋毛の隅々には生ぬるく甘ったるい汗の匂いが濃厚に籠《こ》もり、悩ましく鼻腔《びこう》を満たしてきた。

胸に沁《し》み込む刺激が一物に伝わると、ヒクヒクと幹が震えた。

「ああ、動いている……」

「良い匂いに、一物が悦んでいるんです」

「汗臭いだろうに……、おかしな男……」

美雪が言い、自分から腰を動かしはじめた。

やはり生娘《きむすめ》とは言え、張り型で挿入快感にも目覚めているから快楽にも貪欲《どんよく》なのだ。

しがみつきながら、弥助もズンズンと股間を突き上げはじめた。

すると大量に溢《あふ》れる淫水で、すぐにも動きが滑らかになり、クチュクチュと淫《みだ》らに湿った摩擦音も響き、溢れた分がふぐりから肛門の方にまで生温かく伝い流れてきた。

「アア……、何と心地よい……」

美雪が収縮と摩擦を強めながら喘ぎ、次第に互いの動きが股間をぶつけ合うように一致してきた。

弥助は彼女の喘ぐ口に鼻を押し付け、濃厚な花粉臭と唾液の湿り気を嗅《か》いで興奮を高めていった。

そして唇《くちびる》を重ねて舌を挿《さ》し入れ、頑丈《がんじょう》そうで滑らかな歯並びを舐めると、彼女もネットリと舌をからめてくれた。

弥助は生温かく滑らかな唾液をすすり、吐息の匂いで鼻腔を満たしていると、ジワジワと絶頂が迫ってきた。

「つ、唾を出して……」

言うと、美雪も懸命に唾液を分泌《ぶんぴつ》させて口に溜めると、形良い唇をすぼめ、白っぽく小泡の多い粘液をトロトロと吐き出してくれた。

それを舌に受けて味わいながら、うっとりと喉を潤すと、たちまち昇り詰めてしまった。

「い、いく……！」

弥助は大きな絶頂の快感に全身を貫かれて口走り、熱い精汁を勢いよくドクンドクンとほとばしらせると、

「き、気持ちいい……、アアーッ……！」

噴出を感じた美雪も、同時に声を上《うわ》ずらせ、ガクガクと激しく気を遣《や》ってしまった。やはり張り型は射精しないので、彼の熱い噴出が実に快感を高めたようだった。

膣内の収縮も最高潮になり、あとは声もなく互いに快感を嚙《か》み締めながらヒクヒクと痙攣《けいれん》を繰り返した。

弥助は心ゆくまで快感を味わい、最後の一滴まで出し尽くしていった。

満足しながら徐々に突き上げを弱めていくと、

「ああ……、これが男なのか……」

美雪も満足げに声を洩《も》らし、肌の硬直《こうちょく》を解《と》いてグッタリと体重を預けてもたれかかってきた。

完全に突き上げを止めて重みと温もりを受け、彼は収縮する膣内でヒクヒクと過敏に幹を跳《は》ね上げた。

「か、堪忍《かんにん》……。もう暴れないで……」

すると彼女も敏感になっているように息を詰めて言い、幹の震えを押さえつけるようにキュッときつく締め上げてきた。

弥助は下からしがみついたまま、生娘でなくなった美人武芸者の熱く甘い吐息を間近に嗅ぎ、鼻腔を刺激されながら、うっとりと快感の余韻《よいん》を噛み締めたのだった。

これで、一日で二人の生娘を抱き、しかも小梅の口にまで射精してしまったのだから、半年の女日照《ひで》りも、このときのためだったのかと思えるほど深い満足に包まれたのだった。

「ああ、気持ち良かった……」

ようやく呼吸を整えると、美雪が股間を引き離し、懐紙《かいし》で陰戸を拭《ぬぐ》いながら彼の股間に顔を迫らせた。

「これが精汁の匂い……」

彼女は先端に鼻を寄せて言い、雫《しずく》を宿す鈴口に舌を這わせてきた。

「あう……、ど、どうか、もう……」

チロチロと舐められ、弥助はクネクネと腰をよじって呻いた。

ようやく気が済んだように美雪が顔を上げ、

「朝まで寝かせてもらう。全ては明日だ」

全裸のまま横になって布団を被った。弥助も肌を密着させ、美雪の温もりと匂いを感じながら眠ることにしたのだった。

二

「おつむりも剃《そ》りましょうね」

「ああ、お願いする」

菊枝に言われ、藤丸は激しく勃起しながら答えた。

まだ夜明け前の湯殿である。

たっぷり眠った藤丸は早起きをし、一人で湯に入っていたら、目ざとく起きた菊枝が入ってきて、背中を流してくれたのだ。

菊枝は甲斐甲斐《かいがい》しく、剃刀《かみそり》を当てて彼の伸びかけた髪を丁寧《ていねい》に剃ってくれた。

肩越しに感じる、白粉《おしろい》のように甘い吐息が鼻腔を刺激し、藤丸はもう射精しなければ治《おさ》まらないほど高まってしまった。

何しろ半年ぶりに触れる、熟《う》れた女の匂いなのだ。

藤丸はそろそろと手を背後に伸ばし、寝巻の裾《すそ》を端折《はしょ》って露《あら》わになった脚に触れた。

「あん、おいたをすると怪我《けが》をしますよ」

菊枝が子供でも叱《しか》るように言い、それでも巧《たく》みに剃刀を滑らせてくれた。

彼はムッチリした太腿《もも》を探り、脂《あぶら》の乗った滑らかな熟れ肌の感触を味わった。

さらに内腿の間から奥へ挿し入れていくと、

「それより奥は駄目ですよ。手が滑って耳を切ります」

「いいよ、もう頭なんかどうでも」

「もう少しですから」

菊枝はたしなめるように言って、剃刀を濯《すす》いでは頭を剃ってくれた。

「さあ、終わりました。流すので屈《かが》んで」

言われて、藤丸も手を引っ込めて前屈みになると、彼女がぬるい湯を掛けて頭を洗い流してくれた。

身を起こした藤丸はプルンと頭を振って雫を払い、すぐにも彼女に向き直って縋《すが》り付いた。

「まあ、どうしても我慢できないのですか……」

菊枝は言いながらも、最初からその気で入って来たのだろう。すぐにも帯を解いて寝巻を脱ぎ、脱衣所の方へ投げた。

藤丸も全裸になった白く豊かな乳房に顔を埋め込み、柔らかな感触と甘い匂いを感じながらチュッと乳首に吸い付いて舌で転がした。

「アア……」

菊枝は熱く喘ぎ、剃り終えたばかりの坊主頭を抱えて撫《な》で回した。

彼は貪《むさぼ》るように左右の乳首を交互に含んで舐め、一晩のうちに沁み付いた甘ったるい体臭に包まれた。

さらに腋の下にも鼻を埋め込み、柔らかな腋毛に鼻を擦《こす》りつけ、生ぬるく湿った汗の匂いで鼻腔を満たした。

「ああ、女の匂い……」

藤丸はうっとりと酔いしれて喘ぎ、顔を離すと目の前に菊枝を立たせた。

「後ろを向いて」

そう言って尻を突き出させると、菊枝も素直に前屈みになって風呂桶《おけ》のふちに摑《つか》まった。

「大きなお尻……」

藤丸は白く豊満な双丘に迫って言い、谷間の蕾《つぼみ》に鼻を埋め込んだ。そして微香を貪ってから舌を這わせ、収縮する襞を濡らしてヌルッと潜り込ませた。

「あう、駄目……」

菊枝がさらに尻を突き出して呻き、キュッと肛門で舌先を締め付けた。

藤丸は滑らかな粘膜を舌で探り、陰戸に指を這わせると、そこは熱くヌルヌルと潤っていた。

「じゃ、前を向いてね」

顔を離して言うと、菊枝もガクガクと脚を震わせながら向き直った。

彼は黒々と艶《つや》のある茂みに鼻を埋め込み、隅々に生ぬるく籠もって蒸《む》れた汗とゆばりの匂いを貪り、舌を挿し入れていった。

内部の柔肉《やわにく》は淡い酸味のヌメリが満ち、彼は息づく膣口を搔《か》き回し、ゆっくりオサネまで舐め上げていった。

「アア……」

菊枝が熱く喘ぎ、風呂桶に尻を乗せて寄りかかり、彼の頭を両手で抱えてクネクネと悶《もだ》えた。

オサネを弾《はじ》くようにチロチロと激しく舐めると、大量の淫水が溢れてきた。

「ね、ゆばりを放って」

「そ、そんなこと無理です……」

「少しでいいから」

藤丸が執拗《しつよう》に股間から言い、オサネを吸ってはヌメリを舐め取った。

「あうう……、そんなに吸ったら、本当に出ちゃうわ……」

菊枝は、尿意が高まってきたように息を詰めて言った。

「うん、本当に出して……」

藤丸も答え、舌を潜り込ませると、奥の柔肉が迫《せ》り出すように盛り上がり、急に味わいと温もりが変化してきた。

「く……、出る……」

彼女が言うなり、チョロチョロと熱い流れがほとばしって口に注がれてきた。

藤丸は嬉々《きき》として舌に受け、淡い味と匂いを堪能《たんのう》しながら、うっとりと喉《のど》に流し込んでいった。

「駄目《だめ》、そんなこと……」

飲み込む音を聞き、菊枝は信じられないというふうに声を震わせたが、いったん放たれた流れは止めようもなく、勢いを増していった。

溢れた分が温かく胸から腹に伝い流れ、ピンピンに勃起した肉棒が心地よく浸された。

出しきったのか、急に勢いが衰《おとろ》え、あとはポタポタと雫が滴《したた》るだけとなった。藤丸は残り香の中で舌を這わせ、余りをすすったが、すぐに淫水が溢れて淡い酸味のヌメリが満ちていった。

「も、もう駄目……」

感じすぎた菊枝が言って彼の顔を股間から突き放すと、力尽きたようにクタクタと座り込んでしまった。

それを抱き留めて木の椅子《いす》に座らせ、藤丸は入れ替わりに立ち上がって風呂桶のふちに座り、勃起した一物を突き出した。

先端を菊枝の喘ぐ口に押し付けると、

「ンン……」

彼女もすぐに亀頭をくわえ、熱く呻いて吸い付いた。

さらに深々と押し込んでゆくと、生温かく濡れた快適な口腔に、スッポリと根元まで呑み込まれた。

菊枝も熱い鼻息で恥毛をくすぐり、幹を丸く締め付けて吸い付きながら、口の中ではクチュクチュと舌をからめてくれた。

「ああ、気持ちいい……」

藤丸は快感に喘ぎ、生温かな唾液にまみれた幹をヒクヒク震わせた。

そして絶頂が迫ると彼女の口を引き離し、

「い、入れたい。跨《また》いで入れて……」

簀《す》の子に仰向けになって言った。

菊枝も彼の股間に跨がり、唾液に濡れた先端に陰戸を押し付け、位置を定めるとゆっくり腰を沈め、膣口に受け入れていった。

「アア……！」

ヌルヌルッと根元まで嵌まり込むと、菊枝が顔を仰け反らせて喘ぎ、完全に座り込み、ピッタリと股間を密着させてきた。

藤丸も、股間に重みと温もりを感じながら、豊満な尻の感触を味わい、肉襞の摩擦に高まっていった。

そして、上体を反らせ股間をグリグリ擦り付けている菊枝に手を伸ばして抱き寄せると、彼女も身を重ねてきた。

胸に柔らかく豊かな乳房が密着して弾み、彼は両膝を立てて豊満な尻を支えながら、下から両手で菊枝にしがみついた。

喘ぐ口に鼻を押し付けて嗅ぐと、乾いた唾液の香りに混《ま》じり、寝起きですっかり濃くなった白粉臭の吐息が悩ましく鼻腔を刺激してきた。

藤丸はズンズンと股間を突き上げはじめ、胸いっぱいに美女の息を嗅いでから唇を重ね、舌を挿し入れてネットリと絡み合わせた。

「ンン……」

菊枝も熱く鼻を鳴らして舌を蠢かせ、突き上げに合わせて腰を遣いはじめてくれた。

溢れる淫水が動きを滑らかにさせ、ピチャクチャと淫らな摩擦音が響き、彼のふぐりから肛門の方にまでヌメリが生温かく伝い流れてきた。

「き、気持ちいいわ、いきそう……」

菊枝が口を離し、淫らに唾液の糸を引きながら熱く囁《ささや》いた。

彼女は、半年ぶりの藤丸以上に、すっかり飢《う》えている後家《ごけ》なのである。

「いいよ、いって……」

藤丸が膣内の収縮を感じながら言い、突き上げを強めていくと、

「あう、気持ちいい……、いく……！」

菊枝が声を上ずらせて口走り、ガクガクと狂おしい痙攣を開始して気を遣ってしまった。

その収縮に巻き込まれ、続いて藤丸も昇り詰め、ありったけの熱い精汁をドクンドクンとほとばしらせると、

「ヒッ……、熱い……！」

噴出を感じた菊枝が、駄目押しの快感を得たように息を呑み、キュッときつく締め上げてきた。

藤丸は心ゆくまで快感を味わい、最後の一滴まで出し尽くし、徐々に突き上げを弱めていった。すると彼女も熟れ肌の強《こわ》ばりを解き、満足げにグッタリともたれかかってきた。

彼は菊枝の重みと温もりを受け止め、まだ名残《なごり》惜しげに収縮を繰り返す膣内に刺激され、ヒクヒクと過敏に幹を跳ね上げた。

そして甘い吐息を嗅ぎながら、うっとりと快感の余韻を味わったのだった。

三

「あ……、み、美雪様……」

弥助が気配に目を覚ますと、美雪が横から肌を密着させ、朝立ちの一物を弄《もてあそ》んでいた。

もう東天が白みはじめている。

「眠っているのに、こんなに硬くなっているものなのか」

「朝は、大抵《たいてい》こうなってます。あう、そんなにいじると出てしまいます……」

弥助はニギニギと愛撫され、すっかり目が覚めて淫気が湧《わ》いてきた。

しかも美雪の、寝起きで濃くなった花粉臭の吐息も悩ましく鼻腔を刺激してくるのだ。

彼女は弥助に腕枕して身体をくっつけ、布団の中で手を伸ばして一物を愛撫していた。

「出して構わない。陰戸に入れたいが、今日は何かと忙しそうで力が抜けると困るから、口に受けてやる」

「な、ならば、いきそうになるまで舌と唾を……」

高まりながら言うと、美雪も一物をいじりながらピッタリと唇を重ねてくれ、長い舌を潜り込ませてからみ付けてくれた。

そして弥助の望みに応えて、ことさら多めの唾液を口移しにトロトロと注ぎ込んでくれたのだ。

弥助は、生温かく小泡の多い粘液を受け止めて味わい、うっとりと喉を潤しながら、彼女の手のひらの中でヒクヒクと幹を震わせた。

さらに美雪の口の中に鼻を押し込み、湿り気ある濃厚な息を嗅いで鼻腔を満たした。

「ああ、いい匂い……」

「本当？」

「ええ、身体ごと口に入ってしまいたい……」

「そのようなことを言うと、本当に食べてしまいたくなる」

美雪が言い、惜しみなく濃い吐息を嗅がせてくれた。

「嚙んで……」

言って頰を押し付けると、美雪も綺麗《きれい》な歯並びでキュッと嚙んでくれた。

しかし気性が激しいのに、痕《あと》が付くほど力は入れず加減してくれた。

「い、いきそう……」

すっかり絶頂を迫らせた弥助が言うと、彼女も手を離して身を起こし、布団を剝《は》いで一物に屈み込んできた。

「こっちを跨いで下さい……」

言いながら彼女の下半身を引き寄せると、美雪も彼の顔に跨がって股間を迫らせ、女上位の二つ巴《どもえ》でスッポリと肉棒を呑み込んでくれた。

弥助も根元まで温かく濡れた口に含まれながら、彼女の腰を引き寄せ、茂みに鼻を擦りつけて悩ましい匂いを貪った。

そして濡れている割れ目を舐め回し、大きなオサネに吸い付くと、目の前にある桃色の肛門がキュッと引き締まった。

伸び上がってそこにも鼻を埋めて微香を嗅ぎ、前も後ろも味わうと、

「ク……！」

美雪が呻き、反射的にチュッと強く亀頭に吸い付いて、熱い鼻息でふぐりをくすぐった。

「止《よ》せ、気が散る……」

美雪が先端から口を離して言い、すぐにまたしゃぶり付いてきた。

やはり陰戸を舐められると集中できないようで、弥助も舌を引っ込めて見上げるだけにした。

彼がズンズンと小刻みに股間を突き上げはじめると、美雪も合わせて顔を上下させ、濡れた口でスポスポと強烈な摩擦を繰り返してくれた。

「い、いく……、アアッ……！」

たちまち弥助は昇り詰めて喘ぎ、大きな快感に全身を貫かれた。

そして熱い大量の精汁をドクンドクンと勢いよくほとばしらせ、彼女の喉の奥を直撃した。

「ンンッ……！」

噴出を受けて呻いた美雪は、噎《む》せそうになるのを堪《こら》え、チューッと強く吸引してくれた。

「あう……」

吸われると、美女の口を汚している感覚が薄れ、彼女の意思で貪られている気になって彼は呻いた。まるでふぐりから直《じか》に精汁が吸い出され、魂《たましい》まで抜けそうな快感であった。

なおも摩擦と舌の動きも続行され、弥助は快感に身悶えながら、心置きなく最後の一滴まで出し尽くしてしまった。

「アア……」

彼はすっかり満足して声を洩らし、グッタリと身を投げ出すと、美雪も吸引を止め、亀頭を含んだまま口に溜まった大量の精汁を、ゴクリと一息に飲み干してくれた。

「く……！」

喉が鳴ると同時に口腔がキュッと締まり、彼は駄目押しの快感に呻いた。

ようやく、美雪もチュパッと軽やかな音を立てて口を離した。

「それほど味はない。だが生きた子種だから旨《うま》く感じる……」

美雪は感想を述《の》べ、なおも幹をしごいて余りを絞り出し、鈴口に脹《ふく》らむ白濁の雫までペロペロと丁寧に舐め取り、綺麗にしてくれた。

「あう、ど、どうかもう……、有難《ありがと》うございました……」

弥助はクネクネと腰をよじり、過敏に幹を震わせながら降参するように声を絞り出した。

美雪が顔を上げ、舌なめずりしながら再び添い寝して腕枕してくれた。

胸に抱かれながら、彼は荒い息遣いを繰り返した。

「お前を、好きになりそう……」

美雪が囁くと、彼は濃厚な吐息を間近に嗅ぎながら、うっとりと快感の余韻を味わったのだった……。

四

「姫様、ご無事で何より。でも、どうかご勘弁《かんべん》下さいませ……」

朝、相模屋の座敷で、ようやく香穂に相まみえた美雪は平伏《ひれふ》し、涙を滲ませて言った。

香穂の顔を見て、一気に安堵《あんど》と疲れが押し寄せたのだろうが、その間に美雪は弥助と濃厚な情交を体験していたのである。

菊枝は朝早くから番屋へ行って、役人に中屋敷に報《しら》せるように伝えておいたので、すでに店の前には乗り物が到着していた。

姫の失踪も半日だったので城には報せておらず、主君も今は江戸にいるため、誰も腹を切らず中屋敷だけのことで済ませるようだった。

香穂は入浴を済ませて顔の煤《すす》も洗い落とし、下働きの衣装ではなく、絢爛《けんらん》たる振袖《ふりそで》に身を包んでいた。

同席していた弥助は香穂の気品ある美貌《びぼう》に目を見張り、昨夜はずっと寝ていた藤丸は、

「何があったの……」

といった感じで最初は皆を見回していたが、ようやく失踪した姫が当家に匿《かくま》われていたことを察したようだった。

藩の騒動だが、美雪は手伝ってくれた弥助に恩義を感じているようで、それで相模屋の母娘《おやこ》とともに同席してもらい、仔細《しさい》を明かすのも礼儀と思っているようだった。

「済まぬ、美雪。皆の迷惑も顧《かえり》みず、婚儀《こんぎ》の嫌さに、ちょうど誰もが目を離した隙《すき》があったので思わず……」

香穂が、さすがに落ち着きを取り戻し、可憐《かれん》な声で言った。

「いったい、姫様の思う相手とは誰なのですか。家臣にいるのならば吟味《ぎんみ》のうえ江戸の殿にご相談申し上げ、良いように取り計らっていただけばと思いますが」

美雪が言った。

婚儀が整っている駿州の藩は、喜多岡家より格下だから、最悪の場合破談《はだん》でもやむを得ない仕儀《しぎ》になるかもしれないのだろう。

すると、香穂が顔を上げて口を開いた。

「私が恋い焦《こ》がれているのは、美雪、そなたです」

「え……」

香穂の言葉に、美雪ばかりか同席している弥助と藤丸、菊枝と小梅まで思わず顔を上げて香穂を見た。

「な、何と、私は男のなりはしていますが」

「そのようなことは承知です」

戸惑う美雪に香穂がきっぱりと言い、女同士で好き合《お》うて何が悪いのかという凛然《りんぜん》たる態度を、弥助は感動の面持《おもも》ちで見ていた。

「と、とにかく、中屋敷へ戻ってお話し合いを」

ようやく美雪も、藩内の立ち入ったことを宿屋旅のものに聞かれるのが憚《はばか》られはじめたようだった。

「あまり戻りたくはないのですが、仕方がないですね。小梅も一緒なら……」

香穂が、諦《あきら》めたように言った。

「承知しました。では、弥助にも同道してもらいます。夜半、ずいぶん探索の手助けをしてもらったので礼をしたいと存じます」

美雪が言うと、香穂も頷《うなず》いた。

「弥助。我らは急ぎではないし、これも何かの縁だ。藩の方々の心ゆくまでご意向に沿うようお付き合いしてやれ」

藤丸が言うと弥助も頷き、やがて一同は相模屋を出た。

香穂が乗り物に入ると、陸尺《ろくしゃく》たちが担いで移動を始め、美雪と弥助、小梅は歩いて中屋敷へと向かっていった。

「ああ、ほっとした……」

それを見送り、菊枝が肩の力を抜いて嘆息《たんそく》した。

「ああ、大変だったね」

藤丸は言い、二人で中に戻った。

「小梅が、逃げてきた姫様を匿うと言ったときには、生きた心地がしませんでした。それに警護の美雪様も恐ろしい方だと聞いていたから、匿った咎《とが》で縛《しば》られるんじゃないかと……」

「まったく、寝ている間に色んな事があったんだねえ」

藤丸は呑気《のんき》に言い、美人女将《おかみ》と二人きりになったので、急激に淫気を湧かせてしまった。

「ね、弥助が礼金を持って戻るので、今日はもう店を閉めちゃおうよう」

藤丸は巨体をくねらせ、まるで子猫が甘えるように、菊枝にしなだれかかって言った。

どうせ母娘の二人だけでやっている、二、三組の客しか入れない小さな旅籠《はたご》なのである。

「まあ、駄目ですよ。そんな大きななりをして子供のように……」

「だって、明け方は湯殿で落ち着かなかったから、もう一度ゆっくりと」

藤丸は、菊枝の甘ったるく熟れた体臭を感じながら、激しく勃起して迫った。

「ええ、閉めちゃいましょうか」

「うん！」

菊枝が言ったので、藤丸も子供のように大きく頷き、てきぱきと暖簾《のれん》を引っ込めて戸締まりの手伝いをした。

「それにしても、女が女を好きになるなんて、驚きましたね」

菊枝が、奥の部屋へと一緒に歩きながら言った。

「うん、若い娘にはあることでしょう。知らない男より、美雪さんは気心が知れて頼りになる人だから。江戸でも、女同士のカラミはずいぶん描いたものです」

「まあ、江戸ではよくあることなんですか……？」

「ううん、そうそうあることではないけど、大奥なんかでこんなことしてるんじゃないかという噂《うわさ》を、面白おかしく描いているだけ。もちろん中には、本当に女同士で戯《たわむ》れることもあるだろうけど」

藤丸は彼女の部屋に入ると、勝手に布団を敷き延《の》べて帯を解きはじめた。

「そんなに慌てないで。みんなすぐ帰ってくるわけじゃないのだから」

菊枝は呆《あき》れたように言いながら、自分も手早く帯を解いて着物を脱ぎはじめてくれた。

やがて菊枝が一糸《いっし》まとわぬ姿になると、甘ったるい汗の匂いが室内に生ぬるく立ち籠めた。明け方に湯殿でしたあと軽く流しただけで、朝から番屋へ行ったりして忙しく動き回っていたのである。

それに何より、香穂を一晩預かったという緊張が大きかったのだろう。

それが解け、今は藤丸以上の淫気に包まれはじめているかに見え、彼女はそのまま布団に横たわった。

同じく全裸になった藤丸は添い寝し、甘えるように腕枕してもらった。

湯殿ではなく、布団の上だと落ち着けるし、戸締まりもしたので性急になることはないのに、彼は貪るように乳首に吸い付いていった。

「アア……」

菊枝も、すぐにも熱く喘いでクネクネと身悶えはじめた。

藤丸はコリコリと硬くなった乳首を舌で転がし、顔中で柔らかく豊かな膨《ふく》らみを味わい、もう片方の乳首にも指を這わせた。

藤丸は味わい尽くすと移動して、反対の乳首も含んで舐め回し、膨らみ全体を揉《も》みしだいた。

「ああ、なんて大きなお乳」

「ゆ、湯殿で見たでしょう……」

「あそこは暗くてよく見えなかったんだ。陰戸もよく見せてね」

「アア、恥ずかしいから駄目よ……」

障子《しょうじ》越しに昼間の陽射《ひざ》しを受けながら、菊枝が嫌々をして声を震わせた。

藤丸は左右の乳首を充分に愛撫し、腋の下に鼻を埋め込んで、色っぽい腋毛の隅々の生ぬるく湿って甘ったるい汗の匂いに噎せ返った。

湯殿では慌ただしかったから、今初めて、ようやく半年ぶりの女体にありつけた気持ちであった。

濃厚な体臭で鼻腔を満たしてから、彼は白く滑らかな肌を舐め降り、形良い臍《へそ》を舌先で探って、張り詰めた下腹から豊かな腰へとたどり、その先のムッチリと量感ある太腿まで舐め降りていった。

そしてスベスベの脚から足首まで行くと、足裏に回り込んで踵《かかと》から土踏まずを舐め、縮こまった指の間に鼻を押し付けて嗅いだ。

何しろ明け方は湯殿で、彼女の足も濡れて嗅げなかったのだ。

指の股は汗と脂に湿って、蒸れた匂いが濃く沁み付き、彼は胸いっぱいに嗅いでから爪先《つまさき》をしゃぶり、順々に指の股にヌルッと舌を割り込ませて味わった。

「あう、駄目、汚いのに……」

菊枝がビクリと脚を震わせて呻き、彼の口の中で指を縮めた。

藤丸は両足とも味と匂いが薄れるほど貪り尽くし、やがて顔を上げると彼女をうつ伏せにさせた。

踵から脹《ふく》ら脛《はぎ》を舐め上げ、ほんのり汗ばんだヒカガミから滑らかな太腿、豊満な尻の丸みをたどって、腰から背中を味わっていった。

白く熟れた肌は淡い汗の味がし、彼は肩まで行って髪の香油を嗅ぎ、耳の裏側の蒸れた匂いも貪ってから、再び背中を舐め降りた。

たまに脇腹に寄り道して軽く歯も立て、やがて尻に戻ってきた。

うつ伏せのまま股を開かせて腹這い、豊かな尻に顔を迫らせ、指でムッチリと谷間を広げると、恥じらうように桃色の蕾がキュッと閉じられた。

鼻を埋めると、ひんやりした双丘が顔中に密着し、蕾に籠もる匂いが悩ましく鼻腔を刺激してきた。

舌を這わせて細かに収縮する襞を濡らし、ヌルッと潜り込ませて滑らかな粘膜を探ると、

「く……！」

菊枝が顔を伏せて呻き、キュッと肛門で舌先を締め付けてきた。

藤丸は舌を蠢かせ、充分に味わってから顔を上げると、再び彼女を仰向けにさせた。片方の脚をくぐり、股を開かせると、白く滑らかな内腿を舐め上げ、熱気と湿り気の籠もる股間に迫っていった。

ふっくらした丘には黒々と艶のある茂みがふんわりと煙《けぶ》り、肉づきが良く丸みを帯びた割れ目からは、ヌメヌメと淫水に潤う花びらがはみ出していた。

そっと指を当てて陰唇を左右に広げると、中も綺麗な桃色の柔肉で、かつてあの可憐な小梅が産まれ出てきた膣口が、花弁状に襞を入り組ませて妖しく息づいていた。

明るいので、ポツンとした小さな尿口の穴もはっきり見え、小指の先ほどもあるオサネが光沢を放ってツンと突き立っていた。

「そ、そんなに見ないで……」

彼の熱い視線と息を陰戸に感じ、菊枝が激しい羞恥に声を震わせた。

恐らく、数年前に病没している婿《むこ》養子の亡夫は、これほど丁寧な愛撫などしてこなかっただろう。

藤丸は艶《なま》めかしい陰戸を瞼《まぶた》に焼き付け、顔を埋め込んでいった。

五

「アアッ……、だ、駄目……！」

菊枝がビクッと顔を仰け反らせて喘ぎ、内腿でムッチリときつく藤丸の両頬を挟み付けてきた。

柔らかな茂みに鼻を擦りつけて嗅ぐと、隅々には腋の下に似た甘ったるい汗の匂いが濃厚に籠もり、それに蒸れたゆばりの匂いが混じって悩ましく鼻腔を刺激してきた。

匂いを貪りながら舌を挿し入れると、中は熱く淡い酸味のヌメリが満ち、彼は膣口の襞を掻き回し、ゆっくり味わいながら柔肉をたどって、オサネまで舐め上げていった。

「ああ……、い、いい気持ち……」

菊枝が身を反らせて喘ぎ、新たな蜜汁《みつじる》を漏らしてきた。

藤丸はオサネに吸い付きながら、唾液に濡れている肛門に左手の人差し指を浅く潜り込ませ、膣口には右手の二本の指を押し込んでいった。

「あう、すごい……」

前後の穴を塞《ふさ》がれ、菊枝がキュッと指を締め付けながら呻いた。

彼はそれぞれの内壁を小刻みに指の腹で擦り、時に膣内の天井を圧迫しながらなおもオサネを舐め回し続けた。

「い、いっちゃう……、アアーッ……！」

菊枝が口走り、とうとうガクガクと痙攣して気を遣ってしまった。

藤丸は彼女がグッタリするまで三カ所の愛撫を続け、やがて彼女が精根《せいこん》尽き果てたように力を抜いて身を投げ出すと、ようやく舌を引っ込めた。

そして前後の穴からヌルッと指を引き抜くと、

「く……」

菊枝がビクリと震えて呻いた。

肛門に潜り込んでいた指に汚れの付着はなく、爪にも曇りはないが微香が感じられた。膣内にあった二本の指の間は大量の淫水で膜が張り、白っぽく攪拌《かくはん》された粘液にまみれて湯気が立ち、指の腹は湯上がりのようにふやけてシワになっていた。

藤丸は股間から這い出して、荒い息遣いを繰り返している菊枝に添い寝していった。

「意地悪……、死ぬかと思ったわ……」

彼女が、とろんとした眼差《まなざ》しを向けて詰るように言った。

「でも、気持ち良かったでしょう?」

「ええ、こんなに感じたの初めて……」

菊枝は答え、思い出したようにビクッと反応していた。

やがて呼吸が整いはじめた彼女の手を握り、藤丸は一物へと導いた。

菊枝も探り、生温かく汗ばんだ手のひらにやんわりと包み込み、ニギニギと愛撫してくれた。

「ああ、気持ちいい……」

藤丸は快感に喘ぎながら、微妙に蠢く彼女の手の中で、ヒクヒクと肉棒を震わせた。

そして菊枝の口に乳首を押し付けると、彼女もチュッと吸い付き、熱い息で肌をくすぐりながら舐め回してくれた。

「噛んで……」

言うと彼女も軽く歯を立て、移動してのしかかり、もう片方の乳首も吸ってくれた。

藤丸が仰向けの受け身体勢になると、菊枝も肌を舐め降り、大股開きになった股間の真ん中に腹這い、顔を寄せてきた。

まず菊枝は舌を伸ばして先にふぐりを舐め回し、二つの睾丸を転がし、充分に袋全体を生温かな唾液にヌメらせてから、いよいよ肉棒の裏側をゆっくりと舐め上げた。

滑らかな舌が先端まで来ると、彼女は幹に指を添えて支え、粘液の滲む鈴口をチロチロと舐め回し、そのまま張り詰めた亀頭をくわえ、モグモグとたぐるように根元まで呑み込んでいった。

「ああ……」

快感の中心部が、生温かく濡れて快適な口腔にスッポリと含まれ、藤丸はうっとりと力を抜いて喘いだ。

菊枝は熱い鼻息で恥毛をくすぐり、幹を丸く締め付けて吸い付きながら、口の中ではクチュクチュと激しく舌をからめてきた。

一物は美女の唾液にまみれて震え、溢れた分がふぐりと内腿の間を心地よく伝い流れた。

「い、いきそう……、跨いで入れて……」

「また私が上？」

絶頂を迫らせて言うと、菊枝がスポンと口を引き離して訊いた。

「綺麗な顔を下から見上げるのが好きなの」

彼が答えると、菊枝は明るい中で羞じらいながらも身を起こし、前進して一物に跨がってきた。

割れ目を屹立《きつりつ》した先端に押し当て、息を詰めて位置を定めながら、ゆっくり腰を沈み込ませると、

「あう……！」

菊枝が顔を仰け反らせて呻き、ヌルヌルッと滑らかに根元まで受け入れていった。藤丸も肉襞の摩擦と温もりに根元まで包み込まれ、快感を嚙み締めて股間に重みを受けた。

「お、奥まで届くわ……」

菊枝が上体を反らせたまま呟き、味わうようにキュッキュッと締め付け、密着した股間をグリグリと擦り付けた。

藤丸が両手を伸ばして抱き寄せると、彼女もゆっくり身を重ね、胸に豊かな乳房が押し当てられて弾んだ。

彼は僅かに両膝を立てて豊満な尻を支え、熟れ肌の温もりを全身で味わった。すぐには動かずに感触と収縮を味わい、両手でしがみつきながら彼女の白い首筋を舐め上げ、唇を求めていった。

菊枝も自分からピッタリと唇を重ね合わせ、熱い息を弾ませながら舌を挿し入れてきた。

生温かな唾液に濡れた舌を舐め回し、彼がチュッと吸い付くと、

「ンン……」

菊枝は熱く鼻を鳴らし、膣内の収縮を活発にさせてきた。

藤丸も快感に合わせて、ズンズンと小刻みに股間を突き上げはじめると、

「ああ……、いい気持ち……」

菊枝が口を離して喘ぎ、腰を動かした。大量に溢れる淫水が動きを滑らかにさせ、すぐにもピチャクチャと淫らに湿った摩擦音が響き、互いの股間がビショビショになってゆく。

彼女の口から吐き出される息は熱気と湿り気に満ち、白粉のように甘い刺激が濃く含まれ、悩ましく彼の鼻腔をくすぐってきた。

「ああ、いい匂い……」

藤丸も彼女の濡れた口に鼻を押し付けて吐息を嗅ぎ、喘ぎながら突き上げを強めていった。

「ね、唾を垂らして……」

甘えるように言うと、菊枝も懸命に唾液を分泌させて口に溜め、トロトロと口移しに注ぎ込んでくれた。

生温かくネットリとした小泡の多い粘液を味わい、彼はうっとりと喉を潤して酔いしれた。

「顔中もヌルヌルにして……」

さらにせがむと、菊枝も快感に任せて舌を這わせ、彼の鼻の穴から頰や瞼までヌルヌルにまみれさせてくれた。

「い、いきそう……」

藤丸は美女の唾液と吐息の匂いに鼻腔を刺激されて言い、滑らかな摩擦の中で高まっていった。

しかし、先に菊枝の方が気を遣ってしまった。

彼女こそ久々の男であり、さっきは舌と指で果て、すっかり下地も出来上がっていたのである。

「き、気持ちいいわ、いく……、アアーッ……！」

誰もいないから遠慮なく声を上げ、彼女はガクガクと狂おしい痙攣を繰り返して身悶えた。

その収縮に巻き込まれ、続いて藤丸も昇り詰め、大きな絶頂の快感に全身を貫かれてしまった。

「く……！」

突き上がる快感に呻き、ありったけの熱い精汁をドクンドクンと勢いよくほとばしらせ、奥深い部分を直撃させると、

「あう、感じる……！」

噴出を受けた菊枝は駄目押しの快感に呻き、精汁を下の口で嚙むようにキュッキュッと締め上げ続けた。

「ああ、気持ちいい……」

藤丸は快感を嚙み締めて喘ぎ、心置きなく最後の一滴まで出し尽くした。

すっかり満足しながら徐々に突き上げを弱めていくと、

「アア……、良かった……」

菊枝も満足げに声を洩らし、熟れ肌の強ばりを解いてグッタリと彼にもたれかかってきた。

彼は重みと温もりを感じながら、まだ名残惜しげに収縮する膣内に刺激され、射精直後で過敏になった幹をヒクヒクと跳ね上げた。

「あう、駄目、感じすぎるわ……」

菊枝も刺激され、敏感になったように呻いてきつく締め付けてきた。

「ね、ずっとここにいて。江戸に誰か待っているわけじゃないのでしょう？」

彼女が近々と顔を寄せ、熱く甘い息を弾ませて囁いた。

「うん……、弥助と相談してみるね……」

藤丸も完全に動きを止めて答え、白粉臭の刺激を含んだ吐息を胸いっぱいに嗅ぎながら、うっとりと快感の余韻を味わったのだった。

第三章　二人がかりで手ほどき

一

「困りました。どう申し上げれば得心《とくしん》なさいますものか……」

美雪が嘆息《たんそく》して言い、香穂はただうなだれていた。

海岸近くの中屋敷に戻ると、姫の失踪を知っていた僅《わず》かな家臣たちは安堵《あんど》し、弥助や小梅にも昼餉《ひるげ》が振る舞われた。

その後店もあるからと、小梅だけ先に相模屋へ帰っていった。

弥助は、どうせ二人きりで藤丸が菊枝と情交しているだろうと踏んだが、もう済んでいる頃合だから小梅に知られることはあるまいと思った。

弥助が残ったのは、褒賞《ほうしょう》を受け取るためと、美雪が心細げに引き留めたからである。剣術と違い、情愛のことは苦手だろうし、それに何より弥助は美雪にとって初めての男なのだ。

人払いもし、奥座敷には香穂と美雪と弥助の三人がいた。

「私も理屈では分かっております。ただ美雪を思う気持ちが強すぎ、男がどのようなものかも分からず恐ろしいので」

香穂が言う。すでに寝巻に着替え、彼女は敷かれた布団に座していた。

「男とは、実に良いものなのですよ」

美雪が、しみじみと言うと香穂が目を上げた。

「美雪は、男を知っているのですか」

「有り体《てい》に申し上げます。昨日この弥助に捧《ささ》げました」

「え……！」

美雪の言葉に、香穂が目を丸くして身じろいだ。

「今まで男など要らぬと思い、剣一筋に生きて参りましたが、昨夜は姫が見つかった安堵で、そのまま弥助と」

「何と……」

「こんなに良いものなら、なぜもっと早くしなかったのかと思いました」

美雪が言うのを聞き、弥助も彼女の逞《たくま》しい肢体《したい》と悩ましい匂いを思い出して、股間を熱くさせてしまった。

「……ならば、美雪がした男と私もしてみたい」

「え……！」

今度は美雪が目を丸くして驚いた。

「それで、お前のように男が良いと思えば、嫁《か》すことも考え直します」

「そ、それは……」

美雪は困ったように弥助を見たが、彼の方に異存があろう筈はない。

「むろん美雪にも立ち会《お》うてもらいます。よろしいか、弥助」

香穂は意を決して弥助に目を向けた。女同士の思いが叶《かな》わぬものならば、せめて同じ男と体験したいのだろう。

「私は、仰《おお》せの通りに致しますので」

弥助は平伏して答え、美雪の言葉を待った。

「わ、分かりました……。三人だけの秘密で、姫の仰せに従います……」

美雪が苦渋《くじゅう》の選択をして言い、彼はムクムクと激しく勃起しはじめた。別に美雪は弥助を独り占めする気はないし、悦《よろこ》びを知った以上、香穂にも貞操《ていそう》を強《し》いる気はないようだ。このまま説得して顔も知らぬ他藩に嫁《とつ》がせるより、今は香穂の気持ちを尊重したいのだろう。

「では、今宵《こよい》は弥助を預かることを相模屋に報《しら》せますので暫時《ざんじ》。弥助、江戸へ発《た》つのは延《の》びても構わぬか」

「はい、急ぎではございませんし、藤丸さんも分かってくれましょう」

彼が答えると、美雪は使いを出すためいったん部屋を出た。

二人きりになると、香穂が熱っぽい眼差《まなざ》しを弥助に向けてきた。ほのかに甘い匂いが漂い、気品ある美貌《びぼう》に彼も胸が弾《はず》んだ。

半年もの女日照《ひで》りだったが、江戸へ近づいた最後の最後で絶大な女運が押し寄せてきた。

相模屋の看板娘に、女武芸者という、それぞれ種類の異なる生娘《きむすめ》。さらには一国の姫君という、三人目の生娘が抱けそうなのである。

何か香穂に話しかけようと思ったが、すぐに美雪が戻ってきてしまった。

「使いは出した。そしてここへは夕刻まで呼ばぬ限り誰も来ない」

美雪が言った。

中屋敷にいる者は、香穂が気鬱《きうつ》の療養《りようよう》をしていることを知っているし、美雪には絶大な信頼を寄せているので、実際彼女の言葉通り、誰も来ることはないだろう。

そして部屋の裏には、すぐ湯殿もあり、誰にも見られず行き来できるようだ。

「美雪は、どのようにしたのか、まず見たい」

香穂が言い、美雪もすっかり決意を固めて頷《うなず》いた。

「では脱ごう、弥助」

言われて、弥助も手早く帯を解くと、美雪も脇差《わきざし》を置き、袴《はかま》を脱ぎはじめた。

「ここを使うと良い」

香穂は布団を開け、好奇心に目をキラキラさせて言った。

やがて一糸《いっし》まとわぬ姿になった美雪が神妙《しんみょう》に仰向《あおむ》けになると、全裸になった弥助は緊張に息づく乳房に迫っていった。

すると、何と香穂も手早く寝巻を脱いで白い裸体を晒《さら》し、弥助とは反対側から美雪に添い寝してきたのである。

「ああ、美雪、好き……」

香穂が言い、弥助と一緒になって左右の乳首に吸い付いた。

「アア……、ひ、姫様、いけません……」

美雪は驚いて声を震わせたが、二人に両の乳首を刺激されて力が抜けてしまったようだ。

弥助も隣で乳首に吸い付いている香穂を見ながら興奮を高め、自分もコリコリと硬くなった美雪の乳首を舌で転がした。

美雪と弥助は朝方、こっそり相模屋の湯殿で身体を流した以来で、甘ったるい汗の匂いがすっかり甦《よみがえ》っていた。

香穂も、初めて触《ふ》れる女同士の肌に酔いしれたように夢中で吸い付いていた。

美雪の胸元から発する汗の匂いと、肌を伝わって感じる花粉臭の吐息、それに隣にいる香穂の甘酸っぱい息の匂いも彼の鼻腔《びこう》をくすぐってきた。

小梅に似た匂いで、やはり身分が違っても、若い娘は同じような匂いになるようだ。

弥助は片方の乳首は香穂に任せ、自分は美雪の腕を差し上げて腋《わき》の下に鼻を埋め込んだ。

生ぬるく湿った腋毛にも、甘ったるい汗の匂いが濃厚に沁《し》み付き、悩ましく鼻腔を刺激してきた。

すると香穂は甘えるように腕枕をねだり、なおも乳首に吸い付きながら、もう片方の膨《ふく》らみに手を這《は》わせていた。その間に、弥助は美雪の引き締まった肌を舐《な》め降りていった。

逞しい腹部に顔中を埋め込んで弾力を味わい、腰から脚を舐め降り、爪先《つまさき》に鼻を割り込ませて蒸《む》れた匂いを貪《むさぼ》った。

そして両脚ともしゃぶり、全ての指の股を舐めてから股を開かせ、脚の内側を舐め上げていった。

滑《なめ》らかな内腿を舐め上げ、熱気と湿り気の籠《こ》もる股間に迫っていくと、何と香穂も、いつの間にか弥助の隣に来て顔を寄せてきたではないか。

「これが、美雪の陰戸……」

香穂が、甘酸っぱい息を弾《はず》ませ、熱く目を凝らした。

「花びらのように美しい。女は皆このように……?」

「ええ、この穴に男の一物を受け入れるのですよ」

弥助は囁《ささや》き、指で陰唇を広げ、息づく膣口を指した。

「これは……」

香穂が、大きなオサネに軽く触れて言った。

「あう……!」

美雪が呻《うめ》き、トロトロと大量の淫水を漏《も》らしてきた。二人の熱い視線と息を陰戸に受け、すっかり朦朧《もうろう》となっているようだ。

「これはオサネと言って、たいそう感じるところで、皆これほど大きくはありません」

「ええ、私にはありません……」

無いわけはないが、探っても分からぬほど小粒なのだろう。

とにかく弥助も激しく淫気を高め、美雪の割れ目に顔を埋め込み、柔らかな茂みに鼻を擦《こす》りつけ、隅々に籠もる汗とゆばりの匂いを貪った。

そして舌を挿《さ》し入れ、淡い酸味のヌメリに任せてクチュクチュと膣口の襞《ひだ》を掻《か》き回し、オサネまで舐め上げていった。

「アアッ……！」

美雪がビクッと顔を仰《の》け反《ぞ》らせて喘《あえ》いだが、二人の顔が股間にあるので、脚を閉じることも出来ないでいた。

「ゆ、ゆばりを放つところを舐めるのですか……」

「ええ、たいそう心地よさそうでしょう。姫様も、きっと夢心地になりますよ」

舌を引っ込めて言うと、

「私も……」

香穂が言って舌を伸ばし、唾液《だえき》に濡れて光沢《こうたく》を放つ、大きめのオサネをチロチロと舐め回した。

「あう……、お、お止《や》め下さい、姫様……」

美雪が呻き、引き締まった下腹をヒクヒク波打たせ、さらに大量の蜜汁《みつじる》を溢《あふ》れさせてきたのだった。

二

「舐めるのはお嫌ではありませんか？」

「ええ、大好きな美雪の陰戸だから嬉《うれ》しい」

弥助が囁くと香穂が答え、さらに大きなオサネにチュッと吸い付いた。

「ど、どうか、もうご勘弁《かんべん》を……」

美雪は快感と畏《おそ》れ多さにクネクネと身悶《みもだ》え、懇願《こんがん》するように声を絞り出した。

「すごく濡れてきたわ。ね、私にも……」

香穂がすっかり好奇心に目を輝かせて言い、美雪に添い寝し、身を投げ出していった。

弥助は美雪の溢れた淫水をすすり、味と匂いを堪能《たんのう》してから股間を離れ、隣で仰向けになっている香穂の足裏に舌を這わせはじめた。

さすがに屋敷から出ることのない足裏は可憐《かれん》に小さく、揃った指も小梅よりずっと幼い感じだった。

指に鼻を押し付けて嗅《か》ぐと、うっすらと蒸れた匂いが沁み付き、彼は姫君の足の匂いを貪ってから爪先にしゃぶり付いた。そして桜色の爪をしゃぶり、全ての指の股に舌を割り込ませると、

「あう……」

香穂がビクリと反応して呻き、隣で荒い息遣いを繰り返している美雪にしがみついた。

弥助は両足とも味と匂いを貪り尽くし、股を開かせて脚の内側をゆっくりと舐め上げていった。さすがに色白で脚は細く、それでも内腿はムッチリと張りがあった。

股間に顔を進めて目を凝《こ》らすと、ぷっくりした丘には楚々《そそ》とした恥毛が薄墨《うすずみ》でも刷《は》いたように淡く煙《けぶ》り、割れ目からはみ出す桃色の花びらも実に小振りだが、うっすらと潤っていた。

そっと指を当てて陰唇を左右に広げると、無垢《むく》な膣口が幼い蜜汁に潤って息づ

き、小さな尿口もはっきり確認できた。やはり町家の娘も高貴な姫君も、ついているものは同じなのだ。

しかし自分でいじることもしないようで、オサネは実に小粒で、包皮の下から僅かに顔を覗《のぞ》かせているだけだった。

顔を埋め込み、柔らかな若草に鼻を擦りつけて嗅ぐと、やはり汗とゆばりの匂いが淡く籠もり、悩ましく鼻腔を刺激してきた。

胸いっぱいに嗅ぎながら、舌を這わせて中に差し入れると、淡い酸味のヌメリが舌の動きを滑らかにさせた。

無垢な膣口を掻き回し、ゆっくりオサネまで舐め上げていくと、

「アア……」

香穂がか細く喘ぎ、内腿でムッチリと彼の両頬を挟み付けてきた。

上の歯で包皮を剝《む》き、露出したオサネをチロチロと小刻みに舐めると、徐々に潤いが増してきたようだ。

やはり誰でも感じるように出来ているのである。しかし強く吸うような刺激は避け、彼は微妙な触れ方で舐めながら溢れる蜜汁をすすった。

「あう……、心地よい……」

香穂も正直に感想を述べ、少しもじっとしていられないように腰をくねらせはじめていた。

さらに彼は香穂の両脚を浮かせ、白く丸い尻にも迫っていった。

谷間の奥には、薄桃色の蕾《つぼみ》がひっそり閉じられ、鼻を埋めると微香が籠もり、悩《の》ましく鼻腔を刺激してきた。

弥助は顔中を双丘に密着させて弾力を味わい、匂いを貪ってから舌を這わせ、細かに収縮する襞を濡らしてヌルッと潜り込ませた。

「く……、変な気持ち……」

香穂が小さく言って呻き、キュッと肛門で舌先を締め付けてきた。

弥助は舌を蠢《うごめ》かせて粘膜を味わい、姫君の前も後ろも存分に愛撫した。

やがて彼が股間から顔を引き離し、香穂の可憐な乳首にも吸い付いて舌を這わせた。

膨らみはそれほど豊かではないが張りがあり、彼は両の乳首を順々に味わい、腋の下にも鼻を埋め込み、微かに湿った和毛《にこげ》に籠もる、甘ったるい汗の匂いで胸を満たした。

「ね、ここへ……」

すると香穂が言い、弥助を二人の真ん中に寝かせた。

やはり男の身体も見てみたいらしく、彼も仰向けになって屹立《きつりつ》した一物を露《あら》わにした。

香穂が身を起こすと、反対側の美雪もようやく気を取り直して起き上がった。

「これが、男の身体……」

香穂が彼の股間に目を遣り、か細く言った。

「ええ、男がみな持っているものです。淫気を催《もよお》し交接したくなると、このように硬く突き立ち、普段は小さく柔らかなものです」

美雪が説明をすると、香穂が恐る恐る指を這わせてきた。張り詰めた亀頭に触れ、幹《みき》を撫でてふぐりも探った。

「何と、不思議な形……」

香穂が息を詰めて言い、手のひらに包み込んでニギニギと動かした。

「ああ……」

弥助は姫君の無邪気《むじやき》な愛撫に喘ぎ、ヒクヒクと幹を震わせた。

「こんな大きなものが入るものなのか……」

「ええ、陰戸が濡れれば入ります。最初は痛いでしょうが、やがて慣れて心地よくなります」

いじられながら女同士の会話を聞くのも、実に興奮が増すものだった。まるで美しい姉妹《しまい》が、珍しい玩具《おもちゃ》でも目の前にしたようである。

「美雪は痛くなかったのか」

「はい、私は最初からことのほか心地よかったです」

「手本に、まずして見せてくれ」

「では、陰戸ばかりでなく、一物も濡らした方が入りやすくなりますので」

美雪は言って屈《かが》み込み、粘液の滲《にじ》む先端を舐め回し、張り詰めた亀頭をくわえてスッポリと根元まで呑み込んでいった。

そして上気した頰をすぼめて吸い付き、熱い息を股間に籠もらせながら、口の中でクチュクチュと舌をからめて唾液で濡らしてくれた。

「ああ……、気持ちいい……」

弥助が喘ぐと、

「私も……」

香穂が言い、美雪がスポンと口を引き離した。

香穂も口を寄せ、美雪の唾液にまみれた先端を舐め回すと、小さな口を精一杯丸く開いて亀頭を含んでいった。

微妙に温もりと感触の異なる口腔に包まれ、しかも無垢な姫君なので、弥助は危うく漏らしそうになるのを必死に堪《こら》えた。

口の中をキュッと引き締めて吸い、熱い鼻息が恥毛をそよがせ、まるで美雪の舌の動きでも見て真似《まね》たかのように、チロチロと舌がからみついて亀頭を刺激してきた。

「い、いきそう……」

「そこまでに」

弥助が口走ると、美雪が言ってやんわりと香穂の口を引き離させた。下郎の精汁で姫の口を汚すのがためらわれたと言うより、早く交接したかったようだ。

香穂がチュパッと口を引き離すと、

「じゃ、してみますね」

美雪が言い、仰向けの彼の股間に跨がって、姫の唾液に濡れた先端に割れ目を押し当ててきた。

そして屈み込んだ香穂が覗き込む中、美雪は息を詰めてゆっくり腰を沈み込ませ、ヌルヌルッと滑らかに肉棒を受け入れていった。

「すごい、入ったわ……」

香穂が息を呑んで呟き、美雪も完全に座り込んで股間を密着させた。

「アア……！」

美雪が顔を仰け反らせて喘ぎ、弥助の胸に両手を突っ張った。

彼も肉襞の摩擦と締め付けに包まれ、懸命に暴発を堪えた。ここで果てるよりも、やはり我慢して香穂の初物も味わいたいのである。

美雪も、姫君の目の前で交接し、相当に興奮が高まっているようで、蜜汁が大洪水になっていた。

まだ動かなくても、溢れた淫水が彼のふぐりの両脇を伝い、肛門の方まで生温かく濡らしてきた。

彼女は密着した股間をグリグリと擦り付け、さらに両脚を立て、しゃがみ込んだ形になって腰を上下させはじめたのだ。

香穂にはとても真似できない動きだろうが、美雪は夢中になって腰を遣い、クチュクチュと淫らな摩擦音を響かせて高まった。

「い、いく……、アアーッ……！」

たちまち美雪は気を遣《や》ってしまい、声を上ずらせながらガクガクと狂おしい痙攣を繰り返した。

弥助も必死の思いで快感に堪え、何とか美雪がグッタリともたれかかるまで保ち続けたのだった。

三

「すごい……、美雪が我を忘れるほど、何と心地よさそうな……」

力の抜けた彼女を見ながら、香穂が嘆息《たんそく》して言った。

すると美雪は、弥助に身を重ねながら、呼吸も整わぬうち股間を引き離して、ゴロリと横になっていった。

「では私も」

「ほ、本当になさるのですか……」

香穂が身を乗り出すと、美雪は余韻《よいん》に浸る余裕もないまま、横から心配そうに言った。

「美雪と同じ相手としなければ、悔いが残るので……」

香穂の決意は固いようで、答えながら美雪がしたように跨がってきた。

「輿入れしたあとは、相手に身を任せるだけで、上になるのはこれきりですよ」

「承知している」

美雪が声を掛けると、香穂も答え、あとは初の交接に専念した。

張り詰めた亀頭は美雪の淫水にまみれてヌラヌラと光沢を放ち、香穂は先端を陰戸に押し付けて息を詰めた。

そろそろと座り込むと、丸い亀頭が生娘の膣口を押し広げて浅く潜《もぐ》り込んだ。

「あう……」

香穂が微《かす》かに眉をひそめて呻いたが、止めることはせず、あとは重みと潤いに任せてヌルヌルッと受け入れていった。

弥助も、きつい締め付けと熱いほどの温もりを感じながら根元まで納まってしまった。

これで、三人目の生娘を味わったことになる。

香穂も股間を密着させると、杭《くい》に貫かれたように上体を硬直させ、あとは声もなく呼吸さえままならないようだった。

「大丈夫ですか……」

美雪が横から声を掛けたが、

「大事ない……」

香穂は小さく答え、上体を起こしていられなくなったように身を重ねてきた。

弥助も両手を回して抱き留め、僅かに両膝《ひざ》を立てて尻を支え、胸に押し付けられる乳房の感触を味わった。

見上げると、目の前で香穂は目を閉じ、形良い唇《くちびる》を僅かに開いて滑らかな歯並びを覗かせていた。口から洩《も》れる息は甘酸っぱい芳香《ほうこう》を含み、嗅ぐたびに鼻腔が心地よく湿った。

動かなくても、膣内は異物を確かめるようにキュッキュッと収縮を繰り返し、一物がピクンと反応するたび締まりが増した。

弥助は興奮と快感に突き動かされるように、下から香穂の顔を引き寄せ、そっと唇を重ねた。

柔らかな感触と唾液の湿り気が伝わり、彼は舌を挿し入れて歯並びをたどり、引き締まった桃色の歯茎《はぐき》までチロチロと探った。

すると香穂が僅かに口を離し、

「美雪も一緒に……」

言って彼女の顔も引き寄せた。

やがて三人が唇を重ねると、弥助は何とも贅沢《ぜいたく》な興奮に包まれ、それぞれの感触を味わいながら舌を挿し入れた。

香穂も歯を開いて舌を触れ合わせ、ネットリとからみつけてくれた。

姫君の上品な果実臭の息に、やや濃厚な美雪の花粉臭が混《ま》じり、うっとりと鼻腔に沁み込んできた。

「もっと唾を出して……」

弥助がせがむと、二人も懸命に分泌させ、交互にトロトロと彼の口に吐き出してくれた。

弥助は混じり合った生温かな唾液を味わい、心地よく喉を潤した。

もう我慢できず、様子を探るように小刻みにズンズンと股間を突き上げはじめてしまった。

「ンン……」

香穂が舌をからめながら熱く声を洩らし、それでも溢れる淫水で次第に動きが滑らかになっていった。

興奮の高まりと、美雪が一緒にいる安心感からか、破瓜《はか》の痛みも次第に麻痺《まひ》したように香穂は自分からも腰を動かしはじめた。やはり美雪がしていたのを真似ているのだろう。

弥助も、動きはじめるとたちまち絶頂が迫ってきた。

「い、いく……！」

肉襞の摩擦と、二人分の唾液と吐息という贅沢な快感に、とうとう彼は昇り詰めて口走った。

そして溶けてしまいそうに大きな快感とともに、熱い大量の精汁がドクンドクンと勢いよく姫君の柔肉の奥にほとばしってしまった。

「ああ……、奥が、熱い……」

香穂が噴出を感じたように声を洩らし、まるで彼の快感が伝わったかのようにキュッキュッと収縮させた。

中に満ちる精汁で、さらに動きがヌラヌラと滑らかになった。

弥助は気遣いも忘れて股間を突き上げ、二人の唇に鼻を擦りつけ、混じり合った唾液と吐息の匂いに酔いしれながら、心置きなく最後の一滴まで出し尽くしてしまった。

「ああ……」

弥助はすっかり満足して声を洩らし、突き上げを止めて身を投げ出した。

すると香穂も、力尽きたようにグッタリともたれかかり、遠慮なく体重を預けて荒い呼吸を繰り返した。

内部でヒクヒクと幹を過敏に上下させ、彼は二人分のかぐわしい吐息を間近に嗅ぎながら、うっとりと快感の余韻に浸り込んでいった。

「さあ……」

美雪が言って身を起こし、やんわりと香穂の身体を引き離して横たえた。

そして懐紙《かいし》を手にし、香穂の陰戸を覗き込み、逆流する精汁を優しく拭《ぬぐ》ってやった。

「痛くありませんか」

「大丈夫……」

美雪が訊《き》くと、香穂は健気《けなげ》に答え、後悔している様子もなかった。

弥助も呼吸を整えて身を起こし、懐紙で一物を拭った。香穂はほんの少し出血したようだが、すでに止まっているようだ。

「では、湯殿へ」

美雪が言い、香穂を支えて立ち上がった。弥助も従うと、襖《ふすま》を開けて少し廊下を進んだところに湯殿があった。

すでに風呂桶《おけ》には湯が張られ、美雪が甲斐甲斐《かいがい》しく手桶に湯を汲《く》んで香穂の身体に浴《あ》びせ、股間を洗ってやった。そして美雪も手早く洗ったので、弥助も自分で一物を流した。

「このようなこと、誰もがするのですね」

「はい、でも普通、女は下になるものです」

二人が囁き合い、またすぐにも弥助はムクムクと回復してきてしまった。

「ね、こうして……」

弥助は簀《す》の子に座ったまま、言って二人を立たせた。

そして左右の肩を跨がらせ、顔に股間を向けてもらった。

「ゆばりを放って下さいませ」

「なに、浴びたいのか……」

言うと、美雪は驚いたように言ったが、まだ興奮と快感の余韻で、拒《こば》むより好奇心が湧いたようだ。

それに尿意も高まっていたのだろう。

美雪が股間を突き出して息を詰めると、香穂も下腹に力を入れて懸命に尿意を高めはじめてくれたようだ。

弥助は左右の股間に顔を埋め、舌を這わせた。どちらも恥毛に沁み付いていた悩ましい匂いは薄れてしまったが、刺激されるうち新たな淫水が溢れて舌が滑らかに動いた。

「あう、出る……」

先に美雪が息を詰めて言い、舐めている柔肉が迫《せ》り出すように盛り上がって、味わいと温もりが変化した。間もなくチョロチョロと熱い流れがほとばしり、彼は口に受けて味わった。

味も匂いも淡く、抵抗なく喉に流し込むことが出来た。

すると反対側の方に、ポタポタと熱い雫《しずく》が滴《したた》り、すぐにも一条の流れとなって彼の肌に注がれてきた。

弥助は香穂の陰戸にも口を向けて受け入れ、さらに淡い味わいを堪能しながら飲み込んだ。

「ああ……、何と、妙な心地……」

香穂も放尿しながら熱く喘ぎ、彼は二人分の温かな流れを受け止めた。

間もなく二人とも流れを治《おさ》め、弥助はそれぞれの割れ目を舐めて、残り香の中で余りの雫をすすった。

「あう、もう……」

舌を這わせると、香穂が敏感になってビクリと股間を引き離した。

すると美雪がもう一度湯を浴びせ、身体を拭いて部屋に戻ったのだった。

四

「もうこのように勃って……」

布団に仰向けになった弥助の股間を見て、美雪が言い、香穂も熱い視線を注いできた。

「また出さないと気が済まないようですが、もう姫の中にはご容赦を。私も充分ですので、お口でなら」

「ええ、お願いします。果てそうになるまで、どうか指で……」

美雪に答えると、二人は弥助の左右から身を寄せてくれた。

そして二人して、すっかり回復している一物に指を這わせてきた。

弥助は快感に幹を震わせながら、二人の顔を引き寄せ、また三人で唇を重ね、贅沢に二人分の舌を舐め回した。

二人もことさらに多めの唾液を注ぎ込んでくれ、弥助は混じり合った生温かな唾液を味わい、うっとりと喉を潤した。

二人の吐息も心地よい湿り気を含み、美雪の花粉臭と、香穂の果実臭が鼻腔で混じり合い、悩ましく胸に沁み込んできた。

「顔中もヌルヌルにして……」

せがむと、二人も彼の顔にトロリと唾液を吐き出し、それを舌で塗り付けてくれた。

「ああ、気持ちいい……」

二人分の息の匂いに唾液の香りが混じり、顔中ヌルヌルにまみれながら弥助は高まっていった。

「い、いきそう……」

絶頂を迫らせて言うと、美雪が顔を移動させ、一物にしゃぶり付いてきた。

すると香穂も一緒になって顔を寄せてきて、二人の熱い吐息が股間に心地よく籠もった。

「跨いで……」

さらに求め、香穂の下半身を引き寄せると、彼女も素直に跨がり、女上位の二つ巴《どもえ》で股間を押しつけてくれた。

弥助は下から腰を抱き寄せ、生娘でなくなったばかりの陰戸を見上げ、舌を這わせて溢れてくるヌメリを味わった。匂いは薄れてしまったが、新たな淫水が溢れ、ヒクヒクと息づく桃色の肛門も実に艶《なま》めかしかった。

「ンン……」

オサネを舐められ、亀頭をしゃぶっていた香穂が呻き、反射的にチュッときつく吸い上げてきた。

美雪は彼の両脚を浮かせてチロチロと肛門を舐め、長い舌をヌルッと潜り込ませてきた。

「く……」

弥助は妖しい快感に呻き、モグモグと美雪の舌先を肛門で締め付けた。

中で舌が蠢くと、香穂の口の中にある一物が、内側からの刺激を受けてヒクヒクと震えた。

二人の熱い息がふぐりをくすぐり、たちまち弥助は高まっていった。

思わずズンズンと股間を突き上げ、姫君の口に情交するように、唾液に濡れた唇の摩擦に酔いしれた。

その間も香穂は懸命に舌を這わせて吸い付き、合わせて顔を上下させ、スポスポと強烈な摩擦を繰り返してくれた。

美雪も長い舌を肛門に出し入れするように動かし、彼はたちまち昇り詰めてしまった。

「い、いく……、アアッ……！」

弥助は突き上がる大きな絶頂の快感に喘ぎ、ありったけの熱い精汁をドクンドクンと勢いよくほとばしらせ、香穂の喉の奥を直撃した。

「う……」

噎《む》せそうになった香穂が呻き、亀頭から口を離した。すると美雪が彼の脚を下ろして肛門から舌を引き抜き、余りの噴出を続けている先端にしゃぶり付き、残りを吸い出してくれた。

「あう……、気持ちいい……」

弥助は、魂《たましい》まで吸い取られそうな快感に呻き、美雪の口に最後の一滴まで出し尽くしてしまった。

香穂も、口に飛び込んだ濃厚な第一撃を飲み込んでくれたようだ。

彼がグッタリと身を投げ出すと、ようやく美雪も吸引を止め、亀頭を含んだまま口に溜まった精汁をゴクリと一息に飲み干してくれた。

「く……」

弥助は、キュッと締まる口腔の刺激で駄目押しの快感を得て呻き、満足しながらグッタリと身を投げ出した。

すると美雪がスポンと口を引き離し、なおも幹をしごきながら、鈴口に脹《ふく》らむ余りの雫まで舐め、香穂も一緒になって舐め回してくれた。

「あう、どうか、もう……」

弥助は過敏に反応しながら呻き、クネクネと腰をよじった。

ようやく二人も舌を引っ込め、仰向けの彼に添い寝してきた。

「気持ち良かった……？」

香穂が囁き、彼も力を抜いて小さく頷いた。

そして二人の顔を引き寄せ、また混じり合った吐息を嗅ぎながら、うっとりと快感の余韻を味わった。二人の吐息に精汁の生臭さは残らず、さっきと同じかぐわしい匂いであった。

五

「もう弥助にされちゃったよね？」

藤丸が訊くと、小梅がビクリと正直に反応した。

相模屋の彼の部屋だ。菊枝は買い物に出たばかりなので一刻（約二時間）ほどは戻ってこないだろう。

弥助も、恐らく今夜は中屋敷に泊まることになるに違いない。

とにかく藤丸は、この美少女に激しい淫気を催《もよお》していた。

「分かっちゃうんですか？」

「それは分かるよ。長年一緒に旅をしてきたのだからね、あいつの好みとか、隙を見てどのようにするかぐらいお見通しだ」

「そうなんですか……」

「ちゃんと上手にしてもらえたのかな」

「え、ええ……」

小梅が、ほんのり頬を染めて素直に頷いた。

「わしとおさらいしてみる？　女将《おかみ》もいないことだし」

「ふ、藤丸さんみたいな大人《おとな》が、私みたいな子供に淫気を……？」

「子供じゃないよ。十八なら、江戸ではみんなご新造《しんぞ》だよ」

彼は言い、床を敷き延べながら激しく勃起していた。

「さあ、脱いでね。弥助が間違ったこと教えていないか確かめないと」

藤丸は言って帯を解き、手早く着物を脱いで全裸になると、布団に仰向けにな
った。

もちろん無理矢理ではなく、小梅も弥助にされて快楽に目覚め、好奇心いっぱ
いであろうことを見越していた。

それに小梅は、身体の大きな藤丸に父性に近いものを感じているのか、弥助と
は違った意味で懐《なつ》いていたのだった。

やがて小梅も帯を解き放ち、もうためらいなく着物と襦袢《じゅばん》、腰巻まで脱ぎ去っ
て、一糸まとわぬ姿になってくれた。

「じゃ、ここに座ってね」

藤丸は仰向けのまま、自分の下腹を指して言った。

「おなかに跨いで座るの？　重くないですか……」

「大丈夫だよ。頑丈《がんじょう》に出来てるんだから」

言うと小梅も好奇心いっぱいに迫り、そろそろと跨いで、彼の下腹に座り込んでくれた。

ほんのりと生ぬるく湿った割れ目が密着し、藤丸は激しく勃起した肉棒でトントンと彼女の腰を軽く叩《たた》いた。

「足を伸ばして、わしの顔に乗せて」

「あん……、いいんですか、そんなこと……」

足を引っ張って言うと、小梅も声を震わせながら両脚を伸ばし、彼の立てた両膝に寄りかかった。

藤丸は、美少女の両足の裏を顔に受け、全体重を感じながら陶然《とうぜん》となった。

踵《かかと》から土踏まずに舌を這わせ、座り込んだ恐縮で縮んでいる指の股に鼻を押し付けて嗅いだ。

指の股は生ぬるく汗と脂に湿り、蒸れた匂いが濃く沁み付いて彼の鼻腔を悩ましく刺激してきた。充分に嗅いでから爪先にしゃぶり付き、順々に指の間に舌を割り込ませていくと、

「あう……！　くすぐったいわ……」

小梅がビクリと身を震わせて呻き、悶えるたびに割れ目が彼の下腹に擦り付けられ、徐々に濡れてくるのが分かった。

弥助の初体験が良かったか、あるいは菊枝に似て元々淫気と好奇心が強く、濡れやすい体質なのかもしれない。

藤丸は両足とも隅々までしゃぶり尽くすと、彼女の手を握って引っ張った。

「顔に跨がって」

「アア、恥ずかしい……」

小梅はか細く言いながらも前進して、彼の顔の左右に両脚を置き、厠《かわや》に入ったようにしゃがみ込んでくれた。

脹ら脛と内腿がムッチリと張り詰め、ぷっくりと丸みを帯びた割れ目が彼の鼻先に迫った。

藤丸は真下から可愛い割れ目を見つめて指で広げ、もう生娘ではなくなった膣口と、小粒のオサネを観察してから、腰を引き寄せて顔を埋め込んだ。

柔らかな恥毛に鼻を擦りつけて嗅ぐと、汗とゆばりの匂いが混じり、生ぬるく籠もって鼻腔を刺激してきた。

舌を挿し入れると、淡い酸味のヌメリが迎えてくれた。

嗅ぎながら膣口の襞を掻き回し、オサネまで舐め上げていくと、

「アァッ……！」

小梅が熱く喘ぎ、力が抜けて思わず座り込みそうになるのを、懸命に彼の顔の左右で両足を踏ん張って堪えた。

チロチロとオサネを舌先で刺激すると、彼女の内腿がヒクヒクと小刻みに震えて清らかな蜜汁が溢れてきた。

藤丸はヌメリをすすってはオサネを吸い、さらに尻の真下に潜り込んで、谷間に鼻を押し付けていった。

ひんやりした双丘が顔中に密着し、桃色の蕾に籠もった微香が悩ましく鼻腔を刺激してきた。彼は何度も深呼吸して美少女の恥ずかしい匂いを貪り、舌を這わせて襞を濡らした。

ヌルッと潜り込ませ、滑らかな粘膜を探ると、

「あう……！」

小梅が呻き、キュッときつく肛門で舌先を締め付けてきた。

藤丸が舌を蠢かせると、陰戸から滴った淫水が鼻筋を濡らしてきた。

彼は充分に味わってから、再び舌を陰戸に戻していった。

「ね、ゆばりを放って」

「そ、そんな、出ないわ……」

「大丈夫。少しでもいいし、その方が布団を濡らさずに済むからね」

何が大丈夫か分からないが、執拗《しつよう》に割れ目に吸い付くと、

「あん、そんなに吸ったら本当に出ちゃいそう……」

小梅も、尿意が高まったように息を詰めて言った。

藤丸も期待しながらオサネを舐めては割れ目を吸い、中にも潜り込ませて柔肉の蠢きを味わった。

「で、出そうよ……、アア……」

小梅が言うなり柔肉が迫り出すように盛り上がり、温もりと味わいが変わって温かな流れがチョロチョロと弱くほとばしってきた。

藤丸も口に受け、味や匂いは後回しにし、とにかくこぼさないよう夢中で喉に流し込んだ。

「ああ……、お部屋で出すなんて……」

小梅が両手を縮めてしゃがみながら息を詰めて言い、徐々に勢いを増して放尿を続けた。

仰向けなので喉に詰めて噎せないよう気をつけながら、藤丸は懸命に飲み込んだが、間もなく流れは治まってしまった。実際、それほど溜まっていなかったのだろう。

ようやく淡い味と匂いが分かり、藤丸はうっとりと酔いしれた。

とうとう一滴もこぼさずに飲み干し、彼は余りの雫をすすって、残り香の中で舌を這わせた。

たちまち新たな淫水が溢れ、淡い酸味のヌメリが舌の動きを滑らかにさせた。

「アア……、もう堪忍……」

感じすぎた小梅が言い、藤丸が舌を引っ込めると、彼女もビクリと股間を引き離していった。

「じゃ、今度は小梅ちゃんがお口で可愛がって」

股間に顔を押しやって言うと、彼女も素直に移動し、大股開きになった真ん中に腹這い、顔を寄せてきてくれた。

「太いわ……」

小梅が、屹立した肉棒に熱い視線を注いで言った。

確かに、弥助より亀頭が大きく、雁首も傘を張っている方だ。

「先にここ舐めて、綺麗《きれい》に洗ったからね」

藤丸は言って両脚を浮かせ、自ら抱えて尻を突き出した。

すると小梅も厭《いと》わず舌を伸ばし、チロチロと肛門を舐め回してくれた。

「あうう、気持ちいい。中にも入れて、あう！」

ヌルッと潜り込むと、藤丸は呻きながら、モグモグと美少女の舌先を味わうように肛門で締め付けた。

小梅も熱い鼻息でふぐりをくすぐり、中で舌を蠢かせてくれた。そのたび、勃起した肉棒がヒクヒクと上下し、鈴口から粘液が滲んだ。

「ああ、もういいよ。今度はここ……」

脚を下ろして言うと、小梅もふぐりに舌を移動させ、睾丸を転がして袋全体を生温かな唾液に濡らしてくれた。

そしてせがむように幹を震わせると、小梅も前進し、肉棒の裏側から先端までペローリと舌を這わせてきた。

鈴口の粘液を拭うようにチロチロと舐め、小さな口に張り詰めた亀頭をくわえてスッポリと喉の奥まで呑み込んでいった。

「ああ、気持ちいい……」

藤丸は快感に喘ぎ、美少女の熱く濡れた口の中で肉棒を震わせた。

「ンン……」

小梅は、弥助より太い亀頭を頬張って小さく鼻を鳴らし、熱い息で恥毛をそよがせた。そして幹を丸く締め付けて懸命に吸い付き、口の中でクチュクチュと舌を蠢かせてくれた。

たちまち一物は美少女の清らかな唾液にまみれ、高まりにヒクヒクと震えた。

「い、入れて……」

藤丸が絶頂を迫らせて言うと、小梅もチュパッと口を引き離して顔を上げた。彼が手を引っ張ると、小梅も前進して一物に跨がり、先端に割れ目を押し当ててきた。

彼女は自分で幹に指を添えて位置を定め、息を詰めてゆっくり腰を沈めると、張り詰めた亀頭が潜り込み、あとはヌルヌルッと滑らかに根元まで吸い込まれていった。

「アアッ……！」

小梅がビクッと顔を仰け反らせて熱く喘ぎ、完全に座り込んでピッタリと股間を密着させた。

藤丸も心地よい締まりと肉襞の摩擦、熱いほどの温もりに包まれながら快感を嚙み締めた。

そして両手を伸ばして抱き寄せ、顔を上げて左右の乳首を含んで舐め、顔中で張りのある膨らみを味わった。

じっとしていても、膣内の収縮が幹を刺激してきた。

彼は乳首を味わい、腋の下にも鼻を埋め、生ぬるく湿った和毛に籠もる甘ったるい汗の匂いを貪った。

そしてズンズンと小刻みに股間を突き上げると、

「ああ……」

小梅が喘ぎ、完全に身を重ねてきた。

藤丸も両手で抱き留め、首筋を舐め上げ、ぷっくりした唇に鼻を押し付けた。

甘酸っぱい息の匂いと、ほのかな唾液の湿り気が心地よく、そのまま唇を重ねて舌を挿し入れた。

「ンン……」

小梅も熱く鼻を鳴らし、ネットリと舌をからめてくれ、彼は生温かく清らかな唾液を心ゆくまで味わいながら、突き上げを強めていった。

大量の淫水で次第に動きが滑らかになり、ピチャクチャと淫らに湿った摩擦音も響き、溢れた分が彼の肛門にまで伝い流れてきた。

（とうとう母娘《おやこ》の両方としちゃった……）

藤丸は興奮と感激に包まれながら、美少女の唾液と吐息を吸収し、動いているうち昇り詰めてしまった。

「く……！」

突き上がる快感に呻き、激しく股間をぶつけながら熱い大量の精汁をドクンドクンと勢いよくほとばしらせた。

「ああ、熱いわ……」

小梅も噴出を感じて喘ぎ、キュッキュッときつく締め上げてきた。

藤丸は彼女の口に鼻を擦りつけ、かぐわしい唾液でヌルヌルにされながら快感を嚙み締め、心置きなく最後の一滴まで出し尽くしていった。

「ああ……、良かった……」

すっかり満足しながら言い、徐々に突き上げを弱めていくと、いつしか小梅も力尽きたようにグッタリとなり、遠慮なく体重を預けてきていた。

まだ膣内が収縮し、刺激された幹が過敏にヒクヒクと跳ね上がった。

「大丈夫？」

「ええ……」

藤丸が気遣って囁くと、小梅も健気に小さく頷いた。

そして彼は、美少女の甘酸っぱい吐息を間近に嗅ぎながら、うっとりと快感の余韻に浸り込んでいったのだった。

第四章　くノ一の悩ましき淫謀《いんぼう》

一

「姫様は、落ち着いたご様子で、ぐっすりおやすみになられました」

弥助の与えられた部屋に、静かに美雪が入ってきて言った。すでに入浴も済ませ、彼も美雪も寝巻姿である。

さすがに中屋敷の夕餉《ゆうげ》は豪華で、彼もすっかり堪能《たんのう》したものだった。

そして弥助は、彼女の激しい淫気を感じて勃起してきた。

「三人も楽しいけれど、やはり秘め事は二人きりに限ります」

美雪が言い、彼を布団に誘った。

やはり香穂が一緒だと気遣いが生じて、快楽にのめり込めず、まだ欲望がくすぶっているのだろう。

もちろん弥助も、ゆっくり美雪を味わってから寝ようと思った。

遠くの寺から、五つ（午後八時頃）の鐘の音が聞こえていた。

「では、気が済んで嫁《とつ》ぐお気持ちになったのですか」

「まだ分かりません。ただ、戯《たわむ》れの悦《よろこ》びを知ってしまったので、新たな迷いが生じてしまうかも……」

確かに、嫁ぎ先で奔放《ほんぽう》に快楽を貪《むさぼ》ることは出来ないだろう。

とにかく香穂の気持ちの確認は明日として話を打ち切り、美雪は弥助にしなだれかかってきた。

湯上がりで、ナマの匂いがしないのは残念だが、弥助は美雪に唇《くちびる》を重ね、悩ましい芳香の吐息で鼻腔《びこう》を満たした。

「ンン……」

美雪もうっとりと熱く鼻を鳴らし、舌をからめながら帯を解いていった。

しかし、その時である。

弥助はビクリと身じろぎ、身を離して上を見た。

「何か……」

「しっ……」

美雪が驚いて言うと、弥助は唇に指を立てて起き上がった。

「曲者《くせもの》が。どうか姫様のお側に」

弥助は言うなり、寝巻姿のまま障子《しようじ》を開けて庭に飛び出した。そして松の幹《みき》を蹴って屋根へ飛び移り、そんな様子を美雪も庭に出て見上げた。

「姫の部屋へ！」

上から弥助が叱咤《しった》すると、美雪も只ならぬ様子に慌てて屋内に戻っていった。

中屋敷の屋根を伝っていくと、瓦《かわら》を外している黒い影を認めた。

「何者」

「ほう、素破《すっぱ》の警護とは珍しい」

言うと、相手も身を起こして答えた。凛《りん》とした女の声音《こわね》である。

「お前こそ、今どき素破が大名屋敷に何用か」

「問答無用《もんどうむよう》」

黒い影が言うなり、忍び刀を抜き放って弥助に跳躍してきた。

彼も飛び退《すさ》って躱《かわ》したが、何しろ丸腰だ。体を入れ替え、相手が外した瓦を手刀で半分に割って両手に構えた。

相手は覆面をした全身黒ずくめ。だが隙間《すきま》から覗《のぞ》く切れ長の目は、美雪以上の凄味《すごみ》があった。

体型は華奢《きやしや》だが、外からは窺《うかが》い知れない力を秘めているように迫力がある。

弥助も、言いようのない闘志が心地よく全身に漲《みなぎ》ってきた。

何しろ旅に出たそもそもの切っ掛けが、自身の鍛錬《たんれん》と腕試しだったのだ。もっとも藤丸の同行で気楽な旅になってしまったが、今宵《こよい》のように周囲への注意を怠《おこた》らないときはなかった。

相手が、大上段に刀を振りかぶって迫ったが、元結《もとゆい》に仕込んだ小柄《こづか》を素早く投げつけてきた。

それを避《よ》けた弥助も、片方の瓦を手裏剣《しゆりけん》のように投げたが、相手は苦もなく柄頭で叩《たた》き落として跳躍した。

弥助はいち早く懐《ふところ》へ飛び込み、逆手《さかて》に持って突いてくる切っ先を避けて手首を摑《つか》んだ。

しかし瓦の破片を握《にぎ》った彼の手も相手に摑まれていた。

毒々しい妖花の花粉のように、濃厚な体臭が臭った。忍びが敵地に入るときは全ての匂いを消すものだが、元々消しようもないほど濃いのか、あるいは素破などいないと思い、高《たか》をくくって来たのだろう。

さらに吐息が、肉桂《につき》のような匂いを含んで揺らめいた。

組み合ったまま屋根を転げ落ちると、互いに離れて着地し、なおも身構えて睨《にら》み合い、さらなる攻防が続いた。

縁側からは大刀を持った美雪が降りようとしていたが、元より常人の目に止まらぬ戦いで呆然《ぼうぜん》とするばかりだ。香穂は、他の家臣たちが厳重に守っているのだろう。

恐らく曲者はこの一人だけだから、弥助が戦っている限り、邸内は安全だった。

弥助は軽やかに刀の攻撃を躱し、割れた瓦で相手の喉笛《のどぶえ》を狙《ねら》ったが、それも全て避けられた。

しかし全身が生き生きとし、戦国のため培《つちか》われた力と技を泰平《たいへい》の世に甦《よみがえ》らせ、死力を尽くして戦うのが嬉《うれ》しくてならなかった。

相手も同じようで、切れ長の目には快楽の色が見え、しかし攻撃は手加減無しに続いた。

弥助が右へ飛ぼうと気配を見せ、逆に左から瓦を下手《したて》に投げつけた。

それが相手の袖《そで》を裂《さ》いて松の幹に刺さると、同時に相手も跳躍して幹を蹴《け》り、塀を跳び越えていた。

どうやら今宵は目的が達せられぬと判断し、退散するようだ。

続いて弥助も塀を越えて外に降り立ち、必死の思いで黒い影を追った。相手の次の仕掛けを待つのは骨が折れるので、今宵のうちに決着を付けなければならないと思ったのだ。

中屋敷の外は人家もまばらで、間もなく月光の射《さ》す浜に出たので、隠れる場所もなく見失うことはなかった。

逃げてゆく相手も止まって振り返り、足でパッと砂を掛けながら刀を薙《な》ぎ払ってきた。

弥助はそれを飛んで避け、腕が伸びきったところで手首を摑んで逆を取り、刀を放させた。そのまま投げつけようとすると、相手は手首の骨を外してスルリと抜け、一回転して片膝《ひざ》を突いた。

だが、弥助も拾《ひろ》う余裕もなく刀を遠くに蹴った。

「楽しいな。私は獅子原《ししはら》の初芽《はつめ》」

彼女が、手首の骨を嵌《は》めながら立ち上がって言った。

「ああ、楽しい。私は筑波《つくば》の弥助だ」

「なぜ喜多岡藩に肩入れをする」

「大した縁ではないが、旅の途中の行きがかりだ」

「お前、若いな」

初芽が、鼻と口を覆《おお》った覆面を顎《あご》まで下ろして言った。

眉と目が吊り上がり、鼻筋が通り、化粧もしていないだろうに唇が赤い、凄味のある美貌《びぼう》だった。

歳は、まだ二十歳《はたち》を少し出たぐらいであろう。

「屋敷に忍び込もうとしたのは、何が目当てだ」

「ふん、どうせ一息ついたら殺し合うのだ。話してやろう」

初芽は踵《きびす》を返し、浜にある掘っ立て小屋に入って行った。どうやら、漁師の娘のふりでもして、そこを根城《ねじろ》にしていたらしい。

弥助も注意深く様子を見ながら入ると、囲炉裏《いろり》に火が点《つ》き、茣蓙《ござ》が敷かれていたが、特に怪《あや》しいものはなく、彼女の着替えらしい粗末な着物が掛かっているだけだった。

囲炉裏を挟《はさ》んで座ると、初芽は完全に頭巾《ずきん》を脱いだ。束《たば》ねた長い髪が肩にかかり、彼女の濃厚な体臭が小屋の内部に立ち籠《こ》めた。

「獅子原の素破は泰平の世で散り散りになった。それはお前も同じであろう」

「ああ、私も武家の小者をして、主人の旅に同行している」

「私は、駿州の小賀《こが》藩に雇われ、喜多岡藩の香穂姫を殺《あや》めるよう命じられた」

「それは、姫の嫁ぎ先では？」

「だが、若殿は商家の好いた女を正室にしたいと駄々《だだ》をこね、他の女は嫌だと言い張った。格下の藩では断るわけにはいかず、押し込みに殺されたことにして破《は》談《だん》を望んだのだろう」

「愚《おろ》かな。話し合えば済むことだろうに」

「大名など、昔から愚かなものだった」

初芽は苦笑して言い、全く小賀藩への忠義などなく、金のために殺しを請け合っただけのようだった。

「当方でも、姫が嫁ぐこと嫌さに悶着《もんちやく》を起こしているというのに」

「なに、ならば喜多岡家の方から破談にすることもありそうか」

初芽が目を見開いて言った。

「大いにある。さすれば初芽の働きも無駄になろう」

「そうか……、ならば止《や》めるか。半金はもらったし、戻る義理もない」

初芽は嘆息《たんそく》して言い、再びジロリと弥助を睨んだ。

「だが、お前との戦いは続けたい。こんなに楽しいことは初めてだ」

彼女が笑みを含んで言う。

根っから戦うことが好きで、今まで何度か暗殺に関わっても、本当に強い相手と戦ったことがないのだろう。確かに、素破の術があれば、普通の武士など赤子の手を捻《ひね》るようなものである。

言われて、弥助も高揚感に包まれていった。

二

「戦うのは楽しいが、我らの殺し合いなど意味がなかろう」

弥助が言うと、初芽が目をキラキラさせて答えた。

「ああ、殺さずに戦いたい。私の得意は、実は淫法《いんぽう》なのだ」

「淫法？」

言われて、弥助は聞き返した。確か、女の素破が敵地に潜入して男を誑《たぶら》かしたり、あるいは淫気の弱い主君に子作りの手助けをしたりする術があるようなことを聞いたことがあった。

「今まで淫法を使う機会もなかったが、自分の術が素破同士で効《き》くのか試してみたい」

「それは、交接して果てたら負けとか、そういうことか」

「最後はそうなるが、その前にいろいろすることがある。どうだ、まず互いに寸鉄《すんてつ》も帯《お》びぬ裸になろう」

初芽が言って立ち上がり、黒装束《しょうぞく》の袴《はかま》と着物を脱ぎはじめた。さらに濃い匂いが漂い、その刺激が彼の股間に響いてきた。

弥助も勃起しながら帯を解いて寝巻を脱ぎ、たちまち全裸になると、彼女も全て脱ぎ去り、一糸《いっし》まとわぬ姿になった。

囲炉裏の火に照らされた肢体《したい》は実に滑《なめ》らかで艶《なま》めかしく、程よい豊かさの乳房と、くびれた腹部、ムッチリとした太腿《もも》が妖《あや》しく息づいていた。

初芽は、着痩《や》せするたちなのだろう。

傷《きず》一つ無いのは素破として優秀な証《あか》しであり、美雪のような筋肉も見えないので、逆にどんな女にも化《ば》けられて恐ろしげだった。

そして莨蓙の上で身を寄せ合うと、初芽が唇を求めてきた。

すると彼女が唇をすぼめ、いきなり弥助の口に勢いよく粘着質のある痰《たん》をペッと吐きかけてきたのである。

「う……」

弥助は驚いて呻《うめ》いたが、すぐに飲み込んで甘美《かんび》な思いに包まれた。

「ふふ、そう、自分の唾と一緒に素早く飲み込むほか助かる道はなかった。吐こうとするとますます粘着して窒息するからな」

初芽が、簡単に弥助が倒れなかったことを嬉しげに言い、彼の勃起した一物に目を遣《や》った。

「それにしても、勃ったままとは、私の匂いと痰が媚薬《びやく》となって効きはじめたようだ。私は淫気を催《もよお》すと、匂いも体液も全て媚薬となる体質なのだ」

「なあに、私は元々こうしたことが好きなのだ。別にお前の術で勃っているのではない」

「それは頼もしい。ならば、少しでも長く堪《こら》えてみせるが良い」

初芽はにじり寄って屈《かが》み込み、彼の先端に舌を這《は》わせはじめた。

もう害意も感じられないので、弥助も仰向《あおむ》けになって身を任せ、彼女の下半身も引き寄せ、女上位の二つ巴《どもえ》になって陰戸を求めた。

彼女はスッポリと喉《のど》の奥まで呑《の》み込んで吸い付き、熱い息を股間に籠もらせて舌をからめてきた。

弥助も、下から彼女の腰を引き寄せ、潜《もぐ》り込むようにして茂みに鼻を擦《こす》りつけ、濃厚に甘ったるい匂いで鼻腔を満たした。

どうやら濃い匂いは体質だったようで、汗ともゆばりとも違う、まさに媚薬のように甘く毒々しい成分が発せられていた。

膣口からも、匂いのある白っぽい蜜汁《みつじる》が滲《にじ》み出て、彼を呑み込むように妖しく収縮していた。

オサネも、まるで自在に大きさが変わるように、包皮を押し上げてツンと勃起してきた。

尻の谷間に見える肛門も息づき、恐らくそこにも男を受け入れるための訓練がなされているようだった。

弥助は陰戸に口を付けて舐《な》め回して淡い酸味のヌメリをすすり、さらに伸び上がって尻の谷間も舐め、ヌルッと舌を潜り込ませた。

「ク……」

初芽が呻き、いったん口を離すと彼の両脚を抱え上げ、同じように肛門を舐めてヌルッと舌を潜り込ませてきた。舌は美雪より長く、巧《たく》みに奥まで侵入して蠢《うごめ》いた。

「う……」

弥助は快感に呻きながらモグモグと肛門で彼女の舌を締め付け、自分は再びオサネに戻って吸い付いた。

すると初芽も再び亀頭にしゃぶり付き、喉の奥まで呑み込んできた。

（な、何だ……？）

今度は口の中の感触が異なっていた。唇と舌の蠢き、それに軽く刺激を与える歯と熱い息、そのほかに何かあるのだ。

（もしや、入れ歯か……）

弥助は思い立った。

どうやら初芽は総入れ歯であり、それを手早く外し、唇や舌の他、滑らかな歯茎《は ぐき》まで使って一物を刺激していたのである。

肉棒が擦られ、その間も舌の蠢きと吸引が続き、しかもたっぷり溢《あふ》れた唾液がふぐりや肛門の方まで生温かく濡らしていた。

弥助は懸命に暴発を堪えて必死にオサネを吸い続け、指も使って膣口や肛門を刺激してやった。

「ンン……！」

するると初芽も相当に感じてきたらしく、陰戸から発する匂いを濃くし、身をくねらせて呻いた。

「ああ、駄目《だめ》……」

とうとう初芽がスポンと口を離して言い、彼の顔から股間を引き離した。

弥助も、何とか堪え切れたのは、このまま口に出すより、淫法の達人である初芽と交接したいという欲望が強かったからであった。

「入れるわ……」

向き直った初芽が女らしい言葉で言い、跨《また》がって交接してきた。

屹立した一物がヌルヌルッと滑らかに根元まで呑み込まれ、互いの股間がピッタリと密着した。

「アア、いい……」

彼女が顔を仰《の》け反《ぞ》らせて喘《あえ》ぎ、すでに白い綺麗《きれい》な歯が嵌《は》められていた。

弥助も肉襞《ひだ》の摩擦と、きつい締め付けに一物を包まれながら両手を回して抱き寄せた。

そして顔を上げ、左右の乳首を順々に含んで舐め回し、顔中で張りのある膨《ふく》らみを味わった。

両の乳首を充分に舌で転がしてから、初芽の腋《わき》の下にも鼻を埋め、腋毛に籠もった濃厚に甘ったるい体臭を嗅《か》ぐと、確かに媚薬効果のように膣内の幹がヒクヒクと歓喜に震《うず》えた。

すると初芽が徐々に腰を遣いながら、上からピッタリと唇を重ねてきた。長い舌が潜り込んで口の中を隅々まで舐め回し、彼は感触と唾液のヌメリを味わいながらズンズンと股間を突き上げた。

「アア……、いい気持ち……」

初芽が、唾液の糸を引きながら口を離して喘いだ。

「口が、妖しく匂う……」

弥助も彼女の口に鼻を押し込んで、肉桂に似た甘い匂いを貪りながら高まっていった。

「歯を、外してくれ……」

囁くと、初芽も手のひらを口に当てて総入れ歯を外した。

見せてもらうと、どうやら歯並びは彼女自身の歯を抜いて、黄楊《つげ》の土台に植え込んだ巧みなものだった。それを嵌めると、唾液の粘着力で外れることもないようである。

「なぜ歯を抜いて細工を？」

「薬草を嚙《か》んで作るとき、掃除《そうじ》が楽だから」

訊くと、初芽が答えた。歯がなくても、不思議に歯切れ良い声である。

やがて弥助は両手でしがみつき、両膝を立てながら本格的に激しく股間を突き上げはじめた。

そして初芽のかぐわしい口に鼻を押し込むと、彼女も唇や舌とともに、ヌメリのある歯茎で彼の鼻の頭を刺激してくれた。

やがて初芽も合わせて腰を遣い、互いの股間をビショビショにしながら、負けてなるかと喘ぎを堪えていたが、

「い、いく……！」

彼女が口走った途端《とたん》、同時に弥助も絶頂の快感に貫かれてしまった。

「く……！」

呻きながら、熱い大量の精汁をドクンドクンと勢いよく膣内に注入すると、

「あう、もっと……！」

噴出を感じた初芽が声を洩《も》らし、さらにキュッキュッと膣内を収縮させながら

ガクガクと狂おしく身悶えた。

膣内の蠢きも最高潮になり、弥助は心ゆくまで快感を嚙み締め、最後の一滴まで出し尽くしていった。

「アア……、こんなに感じたの初めて……」

初芽が言い、肌の強《こわ》ばりを解いてグッタリともたれかかってきた。

弥助も突き上げを止め、満足しながら重みを受け止めた。

そして膣内でヒクヒクと過敏に幹を震わせ、彼女の甘く濃厚な吐息を嗅ぎながら、うっとりと快感の余韻《よいん》を味わったのだった。

三

「引き分けだな……」

弥助が、呼吸を整えながら言うと、

「いいえ、私の負けです。淫法使いは、決して果ててはならないので……」

初芽が、いつまでも肌を痙攣《けいれん》させながら答えた。

術を持っていながら、試す相手のいない時代に生まれた。そんな中、死力を尽くして戦う相手のいることが大きな悦びとなって果ててしまったようだ。

「弥助様は、これからどうなさるのです」

初芽が重なったまま、言葉遣いを変えて言った。

「姫への心配がなくなれば、すぐにも江戸へ戻る」

「江戸……、一度行ってみたいです。私も構いませんか」

「駿州へ戻らなくて良いのか」

「ええ、武家と違い柵《しがらみ》のないのが我らの気ままなところで、私には身寄りもありませんし」

「ああ、ならば一緒に行こうか。その前に、婚儀の行く末を見届けよう」

弥助が言うと、ようやく初芽が身を起こし、そっと股間を引き離した。

そして再び入れ歯を外し、淫水と精汁にまみれた一物を根元までしゃぶり、舌をからめて綺麗にしてくれた。

「あう……、また勃ってしまう……」

「どうか、何度でも……」

「いや、もう充分だ」

言って身を起こし、彼は寝巻を着て帯を締めた。

「中屋敷へ戻りますか。明日は？」

初芽が、歯を装着して言った。

「多分、夜には相模屋という旅籠《はたご》に戻ると思う」

「分かりました。私も、いずれそちらの方へ」

初芽が答え、弥助は小屋を出た。そして外に落ちている忍び刀を拾い、彼女に返して急ぎ足で中屋敷へ向かったのだった。

「弥助！」

外に出ていた美雪が、彼の姿を認めて駆け寄ってきた。

「アア、無事で良かった！」

美雪が、彼の顔や身体に触《ふ》れて怪我《けが》がないのを知ると感極まって声を洩らし、きつく抱きすくめてきた。

「あの黒ずくめの曲者は？」

「口を割らせてから、奪った刀で斬《き》って海に捨てました」

「ああ、お前がこの手で人を殺めたのですね……。私も行きたかった。私はまだ人を斬ったことがない……」

美雪は声を震わせて言いながら彼の手を握り、横から抱くようにして屋敷の中へと入った。

他の家臣は元より、まだ香穂も騒動で起きていただろうが、美雪が一人に言って奥へ伝えてもらった。

「とにかく湯殿へ。よくもまあ裸足であれほど動けるものです」

美雪が言って弥助を湯殿に案内し、寝巻を脱がせた。そして裾《すそ》を端折《はしょ》って甲斐《かい》甲斐《がい》しく足を洗ってくれた。彼も手と顔、股間を洗い、初芽の匂いとヌメリを完全に落とした。

身体を拭いてくれ、新たな寝巻を着て部屋に戻ると、すぐにも美雪が縋《すが》り付いてきた。

「生きていてくれて嬉しい。相手も相当の手練《てだ》れだったでしょうに」

「お待ちを。その前にお話が」

弥助もムクムクと反応しそうになりながら、彼女を制してまず報告をした。

「そう、あの曲者の口を割らせたとか」

美雪も思い出し、頰を引き締めて居住まいを正した。

「あの曲者は、駿州小賀藩の手のものでした」

「なんと……！」

彼が言うと、美雪が目を丸くして息を呑んだ。

「若殿が此度《こたび》の婚儀を嫌がり、他の女を正室に迎えたいとのこと。しかし格下ゆえ破談を申し出せず、密かに素破を雇い、押し込みに見せかけて姫様を殺めに来させたのです」

「そ、それは、由々《ゆゆ》しき事態……」

美雪も、事の深刻さに眉《まゆ》を険《けわ》しくさせた。彼女の気性なら、すぐにも小賀藩に殴《なぐ》り込みそうである。

「むろん証人である素破はこの世になく、申し入れても白《しら》を切られるだけでしょう。それに、当方も姫様がぐずったわけですから、これは喜多岡家から何か理由を付けて破談にした方がよろしいかと」

実際、香穂は気鬱《きうつ》だったのだから理由としては充分であろう。

「左様ですか。確かに、わざわざ狼藉《ろうぜき》を咎《とが》めに行くには、何の証しもないのですから」

美雪も納得したようだ。

「ならば、明日にもご家老《かろう》に事情を話してきます」

「ええ、ご家老が物分かりの良い人なら良いのですが」

「城代《じょうだい》家老は、私の父です」

「え……！」

言われて弥助は驚いた。美雪は家老の娘だったのだ。

「明日、一緒に城へ参りましょう。姫様のことで世話になり続けたので、褒賞《ほうしょう》をお渡し致します」

「そのようなお気遣いは無用に」

弥助は答えた。何しろ美雪どころか、姫君とさえ情交し、この上ない快楽の連続が得られたのである。

「姫様も、婚儀が白紙になれば気鬱も治り、もう中屋敷に居ることもないので、一緒に戻りたいと思います」

美雪が言う。確かに、美雪と弥助が登城し、中屋敷に香穂を残すのは心配であろう。

そして話を終えると、あらためて美雪は彼にしなだれかかり、熱烈に唇を重ねてきた。弥助もムクムクと勃起し、ネットリと舌をからめて、彼女の唾液と吐息を貪った。

淫法の達人である初芽も素晴らしい肉体だったが、この美雪も常人とは違う、異端の美女である。

美雪は弥助が戻るまで緊張と不安の連続で気が気でなかったらしく、口中が乾いて花粉臭の吐息が悩ましく濃厚になっていた。

二人は熱い息を混《ま》じらせ、舌をからめながら帯を解き、もどかしげに脱いで全裸になっていった。

そのまま布団に横になると、弥助も死闘の興奮がくすぶり、上から美雪の乳首に吸い付き、もう片方も荒々しく揉《も》みしだいた。

「アア……、もっと乱暴に……」

美雪が興奮を高めて喘ぎ、クネクネと身をよじった。自分がしたことのない、人を殺めた直後と思っている男に抱かれることに、言いようのない昂《たか》ぶりを覚えているようだった。

湯上がりだったろうに、すっかり美雪の肌は汗ばみ、甘ったるい匂いが生ぬるく漂っていた。

弥助は両の乳首を味わい、腋の下にも鼻を埋めて和毛《にこげ》に擦り付けて嗅ぎ、肌を舐め降りて股間に顔をうずめていった。

「ああ、私にも……」

美雪が言って、彼の下半身を顔に引き寄せた。

やがて互いの内腿を枕にし、最も感じる部分を舐め合った。

ピンピンに勃起した強ばりを美雪がスッポリと呑み込んで吸い付き、弥助も、すっかり大量の淫水にまみれている陰戸に舌を這わせた。

茂みにも甘ったるい汗の匂いが濃く籠もり、大きなオサネを吸うごとに新たな淫水が溢れてきた。

「ンン……、もう駄目、入れて……」

高まった美雪が、スポンと亀頭から口を引き離して言い、仰向けになっていった。どうやら本手（正常位）を望んでいるようで、弥助も身を起こし、彼女の股を割って股間を進めた。

唾液と淫水に濡れた先端と陰戸を合わせ、彼が一気にヌルヌルッと根元まで貫くと、

「あう……！」

深々と受け入れた美雪が呻き、両手を伸ばしてきた。

弥助も身を重ね、再び上から舌をからめながら、すぐにもズンズンと股間をぶつけるように突き動かしはじめた。

「す、すぐいきそう……、アアーッ……！」
するとと美雪が口を離して仰け反り、収縮を高めながら激しく喘いだ。
弥助も急激に高まり、そのまま絶頂の快感に貫かれ、ありったけの熱い精汁を
ドクンドクンと内部にほとばしらせてしまった。
「あう、熱い、もっと……！」
美雪が噴出を感じて呻き、彼の背に爪まで立てながら、ガクガクと狂おしく腰
を跳《は》ね上げ続けたのだった……。

四

「その方が弥助か。此度は美雪がいかい世話に相成った」

「恐れ入ります……」

五十年配の城代家老、相良左馬之助《さがらさまのすけ》が言い、弥助は平伏した。

今朝、中屋敷で朝餉を済ませると、香穂は乗り物で、弥助と美雪は歩いて登城
したのであった。

そして緊張しながら城中に入り、美雪に言われて座敷で待つうち、豪華な裃《かみしも》

を身にまとった城代家老が入って来たのである。

弥助は粗末ななりで気になったが、美雪は構わぬと言い、左馬之助も一向に気にならぬ様子で話してくれた。

「後ほど美雪に礼を持たせるが、その前にご側室《そくしつ》、志保《しほ》の方《かた》様が一目会いたいと仰《おつしや》っているので奥へ」

左馬之助が言って部屋を出ると、すぐ侍女《じじょ》が来て奥へ案内してくれた。

弥助も、広く長い廊下を進みながら、まさか自分が城中を歩いているなど夢のようであった。

「こちらでございます」

侍女が言って膝を突き、

「失礼いたします。弥助様をお連れ申し上げました」

奥へ声を掛けると返事があり、彼女は恭しく襖《ふすま》を開けた。

「どうぞ。では私はこれにて」

弥助が入ると、彼女は辞儀《じぎ》をし、襖を閉めて去っていった。

彼が平伏して恐る恐る奥を見ると、

「ああ、堅苦しい挨拶《あいさつ》は抜きに。どうか近《ちこ》う」

絢爛《けんらん》たる着物で座した志保が、綺麗な声で言った。

三十代半《なか》ば過ぎ、色白で整った顔立ちの、気品に満ちた側室。これが香穂の母親なのであった。

「香穂のこと、礼を言います」

「いいえ、とんでもない」

「婚儀に関し、だいぶ駄々《だだ》をこねて難儀をかけたことと思います」

志保が言う。

いま香穂は別室で休み、美雪が左馬之助に細かな事情を説明していることだろう。そして志保も、あらましは聞いたようだった。

「弥助殿、そなた、香穂を抱きましたね」

「え……」

いきなり言われ、弥助は驚いて志保を見たが、彼女は微《かす》かに笑みを含んでじっと彼を見つめていた。

「め、滅相《めっそう》も……」

「私には分かるのです。香穂を一目見て、生娘でなくなったことが。そして相手は、弥助殿しかおりませんし」

志保は、相当に勘《かん》が良いようだ。

「良いのですよ。そなたが狼藉するとは思えぬし、香穂の方から望んでのことでしょうから」

「…………」

弥助は、何と答えて良いか分からない。

「香穂は全くうぶで、男らしい美雪を慕《した》っていたようですが、それがそなたに思いを向けるとは余程《よほど》のこと。むろん美雪も一緒だったと思いますが、どうやら美雪の心も奪ってしまったようですね」

何もかもお見通しのようで、単に勘が良いというより、男女の機微《きび》に関しては特別な力があるかのようだった。

「どのようにしたのか、私にもして欲しいのですが」

熱っぽい眼差《まなざ》しで言われて、弥助はドキリとした。

「若い娘にしか淫気は湧《わ》きませんか？」

「い、いえ……」

「ならばお願いします。ここへは、呼ばぬ限り誰も来ませんので」

志保が言って立ち、襖を開けて奥の部屋に入った。そちらには床が敷き延《の》べられ、彼女はすぐにも着物を脱ぎはじめたではないか。

まさか城中で、しかも藩主の側室と出来るなど、弥助は夢でも見ているような気になった。

江戸でも、大旗本《はたもと》の女たちと関わりを持ったが、まさか自分の人生で、五万石の大名と穴兄弟になる日が来るとは夢にも思っていなかった。

どうやら志保は、旅をしてきた弥助から多くの四方山話《よもやまばなし》を聞きたいとか尤《もつと》もらしい理由を付け、あらかじめ長く二人でいることを不審に思われぬよう手配していたのだろう。

「さ、早《はよ》う」

促され、弥助もそちらの部屋へ移って襖を閉め、着物を脱ぎはじめた。

志保もためらいなく手早く脱ぎ去ってゆき、見る見る白く滑らかな熟《う》れ肌を露《あら》わにしていった。

あとで聞くと、志保は家臣の娘で長く先代側室の侍女を務めていたらしい。

「ああ、胸が高鳴ります。殿の他の男など初めて……」

とうとう一糸まとわぬ姿になり、志保が熱く息を弾《はず》ませて言い、優雅《ゆうが》な仕草《しぐさ》で布団に横たわった。

してみると殿は彼女を開発した、相当な手練れなのかもしれない。

そして志保も、元々淫気が強く、今は殿も江戸だから相当に欲求が溜まっていたのだろう。

それが香穂の初物を奪った相手と相まみえて、激しく燃え上がった。

何より、旅の途中の弥助は最も後腐れのない男である。

弥助も全裸になり、恐る恐る志保に添い寝していった。

「ああ、可愛《かわい》い……、こんな若い男を抱けるなど……」

志保が感極まったように言い、彼に腕枕してきつく抱きすくめてきた。

確かに、城中では勝手な振る舞いなど出来ないだろうから、若い男と懇《ねんご》ろになるなど今日一度きりかもしれない。

弥助の鼻先にある乳房は実に豊かで、彼はチュッと乳首に吸い付き、舌で転がしながら、もう片方の膨らみに手を這わせた。

「アア……」

志保が鼻にかかった声で色っぽく喘ぎ、クネクネと熟れ肌を悶《もだ》えさせた。

充分に舐めてから、もう片方の乳首を含むと、志保も仰向けの受け身体勢になり、彼がのしかかる形になった。

両の乳首を味わってから、彼は志保の腋の下にも鼻を埋め込んで嗅いだ。

柔らかな腋毛が生ぬるく湿り、甘ったるい汗の匂いが馥郁《ふくいく》と籠もっていた。

弥助は胸を満たし、脇腹を舐め降りていった。

志保も息を弾ませながら神妙《しんみょう》に身を投げ出し、好きにさせてくれた。

彼は滑らかな肌を味わい、臍《へそ》を舐めて顔中を押し付け、腹部の心地よい弾力を堪能《たんのう》した。

下腹もピンと張り詰め、彼は豊満な腰からムッチリした太腿へ降り、そのまま脚を舐め降りていった。

丸い膝小僧を舐め、軽く歯を立てると、

「あう……」

志保がビクリと反応して小さく呻いた。

恐らく大名は脚など舐めないだろうから、淫気の高まりとは裏腹に、志保の熟れ肌には無垢な部分が多く残っているに違いない。

脛にはまばらな体毛もあって色っぽく、弥助は足首まで舌を這わせて足裏に回り込み、踵と土踏まずを舐め、指の股に鼻を割り込ませて嗅いだ。

あまり動いていないだろうが、それでも足袋《たび》の中で蒸れた匂いが沁《し》み付き、指の間は汗と脂にうっすら湿っていた。

爪先にしゃぶり付いて、順々に舌を挿し入れて味わうと、

「アア……、そのようなことを……」

志保が驚いたように声を洩らし、彼の口の中で指を縮めた。

弥助は両足とも味わい尽くすと、志保を大股開きにさせ、脚の内側を舐め上げて股間に顔を進めていった。

内腿は透けるように白く滑らかで、弥助は嚙みつきたい衝動を堪えながら陰戸に迫った。

見ると、ふっくらした丘の恥毛が、程よい範囲で上品に茂っていた。

肉づきが良く丸みを帯びた割れ目からは、桃色の花びらがはみ出し、すでにヌラヌラと大量の蜜汁に潤っていた。

指を当ててそっと左右に陰唇を広げると、

「く……」

触れられた志保が息を詰めて呻き、ヒクヒクと白い下腹を波打たせた。

中も綺麗な柔肉で、かつて香穂が産まれ出てきた膣口は花弁のような襞を震わせて息づき、ポツンとした尿口の小穴もはっきり見えた。

やはり身分の違いがあろうと、女は大体似た形状をしているものだ。

包皮の下からツンと突き立つオサネは綺麗な光沢《こうたく》を放ち、小豆《あずき》ほどの大きさだった。

もう堪《たま》らず、弥助は吸い寄せられるように顔を埋め込み、柔らかな茂みに鼻を擦りつけ、生ぬるく蒸れた汗とゆばりの匂いを貪りながら、舌を挿し入れて淡い酸味のヌメリを掻《か》き回していった。

五

「アア……、な、舐めるなど……」

志保が信じられない様子で声を震わせ、量感ある内腿でムッチリと弥助の両頰《ほお》を挟み付けてきた。

彼も溢れる淫水を味わい、執拗にオサネを舐め回し、上の歯で包皮を剝《む》いて吸い付いた。

志保は初めての快感に顔を仰け反らせ、内腿に強い力を込めて喘いだ。

さらに彼は志保の両脚を浮かせ、豊満な尻の谷間に顔を埋め込み、桃色の蕾《つぼみ》に籠もる微香を貪った。

顔中を双丘に密着させ、他の女とさして変わらぬ匂いで鼻腔を刺激され、舌を這わせてヌルッと潜り込ませた。

「あう！」

また志保が驚いたように呻き、キュッと肛門で舌先を締め付けてきた。

弥助は滑らかな粘膜を味わい、舌を蠢かせた。

すると鼻先にある陰戸からトロトロと淫水が漏れ、やがて脚を下ろしてヌメリを伝い、再びオサネに吸い付きながら指を膣口にヌルッと挿し入れた。

そして内壁を小刻みに擦ると、

「ああ……、な、何と心地よい、宙に舞うような……」

志保が身を反らせたままガクガクと腰を震わせ、声を上《うわ》ずらせて彼の指を締め付けた。

さらに天井の膨らみを指の腹で圧迫すると、

「ヒッ……！」

彼女が息を呑んでヒクヒクと痙攣し、とうとう激しく気を遣ってしまったようだった。

恐らく挿入の快楽しか知らず、初めての指と舌で達してしまったらしい。

やがて彼女がグッタリと身を投げ出すと、弥助も舌を引っ込めて指を抜き、息づく熟れ肌に添い寝していった。

「アア……、こんな気持ち初めて……。厠《かわや》で用を足すところなど舐めて、嫌ではないのですか……」

志保が、息も絶え絶えになって言った。

「嫌ではありません。殿の一物を舐めたことはないのですか」

「少しだけ……」

志保が答えた。それぐらいの体験はあるようだ。大名の中にも淫気の強いものがいて、陰戸を舐めることは控えても、自分がされることを悦《よろこ》ぶものは少なくないのかもしれない。

「私も、してあげましょう……」

志保が言い、呼吸も整わないうちに身を起こし、彼の股間に顔を寄せてきた。

「ああ、何と綺麗な艶……」

張り詰めた亀頭に口を寄せて囁き、粘液の滲む鈴口をチロチロと舐め回してくれた。さらに張り詰めた亀頭をくわえ、そのままスッポリと喉の奥まで呑み込んでいった。

「ああ、気持ちいい……」

弥助が快感に喘ぐと、志保は悦ぶように吸引を強め、熱い息を股間に籠もらせながらクチュクチュと舌をからめてきた。

たちまち肉棒全体は高貴な美女の生温かな唾液にどっぷりと浸り、高まりにヒクヒクと震えた。

「ンン……」

志保は、先端が喉の奥に触れるほど含んで熱く鼻を鳴らし、やがてスポンと引き抜いてきた。

「入れて……」

「どうか跨いで、上からお入れ下さいませ」

志保が言うので仰向けのまま答えると、彼女もすぐに身を起こして一物に跨がってきた。

「上になるなど初めて……」

彼女が言い、ぎこちなく幹に指を添えて先端に割れ目を押し付けた。

確かに殿を跨ぐわけにいかないから、本手（正常位）しか体験したことがないだろう。

　ようやく位置が定まると、志保は息を詰めてゆっくり腰を沈み込ませた。

　張り詰めた亀頭が潜り込むと、あとはヌルヌルッと滑らかに根元まで没し、互いの股間がピッタリと密着した。

「アアッ……！」

　志保が完全に座り込み、ビクリと顔を仰け反らせて喘いだ。

　そして若い一物を味わうようにキュッキュッと締め付け、やがて起きていられず身を重ねてきた。

　弥助も下から両手を回して抱き留め、いつものように両膝を立てて豊満な尻を支えた。

　すると志保が上からピッタリと唇を重ねてきたので、彼も舌を挿し入れてから、生温かな唾液のヌメリを味わいながら、ズンズンと小刻みに股間を突き上げはじめた。

「ああ……、響く……」

　志保が口を離して熱く喘ぎ、合わせて腰を遣った。

　大量に溢れる淫水が動きを滑らかにさせ、すぐにもクチュクチュと淫らに湿った摩擦音が聞こえてきた。

志保の口から吐き出される息は熱く湿り気を含み、白粉《おしろい》のような甘い匂いがして悩ましく鼻腔が刺激された。

「舐めて……」

弥助も甘えるように言い、彼女の口に鼻を押し込んで甘い吐息を胸いっぱいに嗅いだ。志保もぽってりとした肉厚の舌を這わせ、彼の鼻の穴を舐め、さらに頬まで生温かな唾液に濡らしてくれた。

彼は興奮を高めて激しく股間を突き上げると、

「アア、いい、もっと強く、深く何度も突いて……！」

志保が声を上ずらせて言い、収縮を高めてきた。

溢れる淫水が互いの股間をビショビショにさせ、彼の尻の下にも伝って布団に沁み込んでいった。

「い、いい……、ああーッ……！」

たちまち志保が声を上げ、ガクガクと狂おしい絶頂の痙攣を開始した。

やはりさっき舌と指で気を遣るのと、挿入されるのは別物らしい。しかもさっきの快感が下地になり、大きく昇り詰めたようだ。

収縮の中で、続いて弥助も絶頂に達してしまった。

「く……！」

大きな快感に包まれて呻き、熱い大量の精汁をドクンドクンと勢いよく柔肉の奥にほとばしらせると、

「あう……！」

奥深い部分を直撃され、彼女は駄目押しの快感を得て呻いた。

弥助も肉襞の摩擦と温もりの中、心ゆくまで快感を噛み締め、最後の一滴まで出し尽くしていった。

徐々に突き上げを弱めていくと、

「アア……」

志保も満足げに声を洩らし、熟れ肌の強《こわ》ばりを解いてグッタリと彼に体重を預けてきた。まだ膣内は名残《なごり》惜しげな収縮を繰り返し、刺激された幹がヒクヒクと過敏に跳ね上がった。

「あう、まだ動いている……」

志保も敏感になったようにビクリと反応し、キュッときつく締め上げてきた。

弥助は彼女の重みを感じ、熱い白粉臭の吐息を嗅ぎながら、うっとりと快感の

余韻を味わったのだった。

「ああ……良かった、すごく……。香穂にも、このように丁寧《ていねい》にしてくれたのですね……」

志保が荒い息遣いを繰り返しながら囁き、それ以上の刺激を避けるように、そろそろと股間を引き離してゴロリと横になった。

通常なら、殿の一物を拭ったら彼は退出し、あとは侍女が陰戸を処理してくれるのだろう。

弥助は呼吸を整えて身を起こし、枕元にあった懐紙《かいし》を手にし、満足げに息づいている陰戸を優しく拭ってやった。そして自分の一物も、手早く拭き清めたのだった。

激情が過ぎてしまうと、何やら急に城中で情交したことが恐ろしくなってきたのだ。

「では、これにて私は……」

弥助が辞儀をして、急いで身繕《みづくろ》いをした。

「ええ、私も行きましょう」

志保もノロノロと身を起こして言い、余韻で力が入らないまま腰巻と襦袢を着けはじめた。

（側室と姫君の、母娘《おやこ》としてしまった……）

弥助は感慨《かんがい》に耽《ふけ》り、やがて身繕いを終えた志保とともに次の間に戻ると、いかにも長い話を終えたかのように彼女が手を叩いた。

すると、何があったか知ってか知らでか、侍女が表情も変えぬまま弥助を迎えに来てくれたのだった。

第五章　旅の終わりに大快楽を

一

「では、これにて失礼いたします」

城中で昼餉《ひるげ》を馳走《ちそう》になると、弥助は志保と香穂の母娘《おやこ》に暇乞《いとまご》いをした。

志保も香穂も名残《なごり》惜しげに彼を見た。恐らく、快楽の一つ一つを思い浮かべているのだろう。

部屋を辞すと、弥助は家老《かろう》の左馬之助にも挨拶《あいさつ》をし、やがて美雪の案内で大手門に向かった。

褒賞《ほうしょう》ももらったが、重さからして十両も入っていると分かった。

「父や重臣と話し、やはり小賀藩へは、姫の気鬱《きうつ》が思わしくないとのことで破談《はだん》の通達をすることにしました。むろん刺客《しかく》を送ったことは不問《ふもん》に付し、事は荒立てないことに」

「そうですか。それがよろしいでしょう」

弥助も答えた。

「それで、今後はどうするのです」

「今宵《こよい》一夜、相模屋に泊まり、明朝江戸へ発《た》つことになろうかと思います」

「左様ですか。お名残惜しい」

美雪は言い、門まで見送って立ち止まった。

もう中屋敷には戻らず、そちらは僅《わず》かな宿直《とのい》に任せるようだ。

「どうか、相模屋まで乗って下さいませ」

彼女が言い、見ると豪華な乗り物が準備されている。

「そんな、歩いて帰りますよ」

「いいえ、姫の恩人ですので、これぐらいは」

「そうですか。では、恥ずかしいけれど」

弥助も辞儀《じぎ》をして乗り込むと、陸尺《ろくしやく》が扉を閉めてくれた。

やがて乗り物が担《かつ》がれて移動をはじめると、彼は簾《すだれ》の隙間《すきま》から、見送る美雪と三層の城を振り返った。

そして乗り物は堀の橋を渡り、相模屋を目指したのだった。

(いろいろあったなあ。でも、こんな豪華な乗り物で宿へ帰るとは……)

弥助は座布団に座り、紐《ひも》に掴《つか》まりながら町々を眺めて思った。

三月半《なか》ば、そろそろ桜も咲きはじめ、間もなく満開になれば堀の周りは多くの花見客で賑《にぎ》わうことだろう。

やがて相模屋の前まで来ると、弥助は乗り物を降りて、担ぎ手の陸尺たちに礼を言った。彼らも会釈《えしゃく》を返し、すぐ城に戻っていった。

「まあ、どこのお殿様が来たのかと思ったら……」

菊枝が驚いて出てきて、弥助の顔を見て言った。

「ええ、城から送ってもらいました。藤丸さんは？」

「退屈《たいくつ》なので、小梅と一緒に近くの神社へ絵を売りに行くと、さっき」

「そうですか」

弥助は答え、中に入った。

「あの、姫様を匿《かくま》ったうちへのお咎《とが》めは……」

「ああ、何もないです。それより明日の朝に二人で発ちますので、先にこれだけ預けておきますね」

彼は言い、懐中の包みから一両だけ出して渡した。

「まあ、こんなに……」

「いえ、何日も貸し切りで世話になったのですから」

弥助は言って、他に誰もいないので急に菊枝に淫気を催《もよお》してしまった。何しろ明朝には別れなければならないのだ。

「あの、股がムズムズして来ちゃいました……」

弥助は股間を押さえ、甘えるように言った。

「まあ……、お城で堅苦しい思いをしてきたのでしょう。どうせ二人はしばらく帰ってこないから、少し休むといいです」

菊枝も察したように、すぐに床《とこ》を敷き延《の》べてくれた。

「ね、一緒に寝て下さい」

「ええ、明日は江戸へ発つのですからね、うんと甘えて構いませんよ」

言うと菊枝も答え、色白の頬《ほお》を上気させた。

弥助は手早く着物を脱いで全裸になり、布団に仰向《あおむ》けになった。

「まあ、なんて元気の良い……」

彼女は、ピンピンに屹立《きつりつ》した一物を見て目を輝かせた。

「ね、女将《おかみ》さんも脱いで」

彼が言うと菊枝はいったん部屋を出て急いで戸締まりをし、すぐに戻って脱ぎはじめてくれた。

衣擦《きぬず》れの音とともに、見る見る白い熟《う》れ肌が露《あら》わになってゆき、内に籠《こ》もっていた熱気が甘ったるい匂いを含んで部屋に立ち籠めてきた。

やがて一糸《いっし》まとわぬ姿になると、彼女が向き直って布団に近づいた。

「ね、ここに立って足を顔に乗せて」

「まあ、そんなことされたいの……？」

弥助が言うと、菊枝が立ったまま胸を隠してビクリと身じろいで答えた。

「ええ、どうしても」

「だって、お城から乗り物で来るなんて、もしかして弥助さんは身分のある方じゃないんですか……？」

「そんなことないですよ。藤丸さんは旗本《はたもと》だけど、私はただの小者です。どうかここに来て」

促すと、菊枝もそろそろと彼の顔の横に立ち、下から見られるのを恥じらうようにガクガクと膝《ひざ》を震わせた。そして彼が足首を摑《つか》んで顔に引き寄せると、菊枝も壁に手を突いて身体を支えた。

浮かせた足裏をそっと弥助の顔に乗せると、

「ああ、変な気持ち……」

菊枝が声を震わせ、弥助は足裏の感触を味わい、舌を這《は》わせた。

指の間に鼻を押し付けると、やはり志保以上に濃く蒸《む》れた匂いが沁《し》み付き、彼は鼻腔《びこう》を刺激されてうっとりと酔いしれた。

充分に嗅《か》いでから爪先《つまさき》にしゃぶり付き、順々に指の股に舌を割り込ませて味わった。

「あう、駄目《だめ》、汚いのに……」

菊枝が指を縮めて呻《うめ》き、それでも下から見上げると陰戸が濡れはじめているのが分かった。

味わい尽くすと足を交代してもらい、そちらも彼は味と匂いを貪《むさぼ》った。

「顔を跨《また》いでしゃがんで」

足首を摑んで言い、顔を跨がせた。

すると菊枝も、すっかり息を弾《はず》ませながら、ゆっくりと厠《かわや》に入ったようにしゃがみ込んでくれた。脚がムッチリと張り詰めて太腿が量感を増し、熟れた割れ目が鼻先に迫った。

はみ出した陰唇がヌメヌメと潤《うるお》い、指を当てて広げると、かつて小梅が産まれ出てきた膣口が妖《あや》しく息づいていた。

日に二人もの、娘を味わったあとの母親と懇《ねんご》ろになるのも奇妙なものである。

「アア、恥ずかしい、そんなに見ないで……」

真下からの熱い視線と息を受け、菊枝がか細く言った。

オサネは志保と同じぐらいの大きさで、ツヤツヤと綺麗《きれい》な光沢《こうたく》を放ってツンと突き立っている。

「お舐《な》めって言って座って」

「あう、そんなこと言わせるの？　いいわ、お舐め……」

下から言うと菊枝も興奮を高めて答え、自らそっと彼の顔に股間を密着させてきた。黒々と艶《つや》のある茂みが鼻を覆《おお》うと、生ぬるく蒸れた汗とゆばりの匂いが、志保よりも濃厚に鼻腔を刺激してきた。

「いい匂い」

「アアッ……！」

嗅《か》ぎながら言うと、菊枝は激しい羞恥《しゅうち》に喘《あえ》ぎ、しゃがみ込んでいられずに片膝を突いた。

弥助は舌を這わせ、陰唇の内側に挿《さ》し入れていった。

中は生ぬるく淡い酸味のヌメリに満ち、すぐにも舌の動きがヌラヌラと滑《なめ》らかになった。

膣口の襞《ひだ》をクチュクチュ掻《か》き回し、滑らかな柔肉《やわにく》をたどってオサネまで舐め上げていくと、

「ああ、いい気持ち……！」

菊枝が喘ぎ、思わずギュッと体重をかけて座り込んできた。

弥助はチロチロと弾くようにオサネを刺激し、チュッと吸い付いた。さらに白く豊満な尻の真下に潜《もぐ》り込み、ひんやりした双丘を顔中で受け止めながら、桃色の蕾《つぼみ》に鼻を埋めて嗅いだ。

秘めやかな微香が籠もり、嗅ぐたびに悩ましく鼻腔が刺激された。

彼は舌先で蕾を舐めて濡らし、ヌルッと潜り込ませて滑らかな粘膜を探った。

「く……、駄目……」

菊枝が息を詰めて呻き、キュッと肛門で舌先を締め付けてきた。

中で舌を蠢《うごめ》かすと、陰戸からは白っぽく濁《にご》った淫水がトロトロと溢《あふ》れて彼の顔を生温かく濡らした。

再び陰戸に戻って大量のヌメリをすすり、オサネにチュッと吸い付くと、

「も、もう堪忍《かんにん》……」

急激に高まった菊枝が言い、ビクリと股間を引き離した。

そして自分から彼の股間に、顔を移動させていったのだった。

二

「なんて美味《おい》しそう……」

顔を寄せた菊枝が、熱い息で一物をくすぐりながら言った。

そして粘液の滲《にじ》む鈴口をチロチロと舐め回し、張り詰めた亀頭にしゃぶり付いてきた。

「ああ……」

弥助は快感に喘ぎ、彼女もスッポリと根元まで呑《の》み込んでいった。

生温かく濡れた口腔に深々と含まれ、熱い息が恥毛をくすぐった。菊枝は幹《みき》を丸く締め付けて強く吸い付き、口の中ではクチュクチュと舌がからみつき、肉棒全体を唾液《だえき》に浸《ひた》した。

さらに顔を小刻みに上下させ、スポスポと濡れた唇《くちびる》で摩擦してくれた。

「い、いきそう……」

急激に高まった彼が言うと、菊枝はスポンと口を引き離し、ふぐりにも舌を這わせてきた。

二つの睾丸を転がし、さらに彼の両脚を浮かせ、自分もされたように肛門を舐め、ヌルッと潜り込ませてくれた。

「あう……」

弥助は妖しい快感に呻き、モグモグと美女の舌先を肛門で締め付けた。

内部で舌が蠢くと、内側から操られるように幹がヒクヒクと上下した。

「い、入れたい……」

弥助が言うと、彼女も舌を引き抜いて添い寝してきた。

「お願い、後ろから……」

菊枝が言って四つん這いになったので、後ろ取りを試したいようだ。

入れ替わりに彼も身を起こし、膝を突いて股間を進めた。

そして先端を、後ろから膣口に押し当て、感触を味わいながらゆっくりヌルヌルッと挿入していった。

「アアッ……！」

尻を突き出した菊枝が、顔を伏せたまま熱く喘ぎ、キュッと締め付けてきた。

弥助が根元まで押し込むと、白く豊満な尻がキュッと股間に当たって弾《はず》み、何とも心地よかった。

彼はすぐにも腰を前後に動かし、肉襞の摩擦を味わいながら、彼女の背中に覆いかぶさった。両脇から回した手で、たわわに実って揺れる豊かな乳房をわし摑みにすると、

「アア、いいわ、もっと強く……」

菊枝もクネクネと尻を動かしながら応えた。

弥助は乳房を揉みながら動きを速め、ジワジワと絶頂を迫らせていった。

溢れる淫水が彼女の内腿を伝い、揺れてぶつかるふぐりもヒタヒタと音を立てて生温かく濡れた。

「ね、仰向けになって……」

弥助が言い、いったん身を起こしてヌルッと引き抜くと、彼女も素直に寝返りを打ってくれた。

このまま果てるのも良いが、やはり顔が見えないと物足りないのだ。

あらためて大股開きにさせ、本手（正常位）で再びヌルヌルッと根元まで押し込むと、

「アアッ……、いい気持ち……！」

菊枝が顔を仰《の》け反《ぞ》らせて喘ぎ、両手を伸ばして彼を抱き寄せた。

弥助も股間を密着させながら熟れ肌に身を重ねてゆき、屈《かが》み込んで乳首に吸い付いた。

彼女が待ちきれないようにズンズンと股間を跳《は》ね上げ、弥助も合わせて動きながら左右の乳首を味わい、腋の下にも鼻を埋め込んで腋毛に籠もった甘ったるい汗の匂いを貪《むさぼ》った。

「い、いきそうよ……」

菊枝が粗相《そそう》したように大量の淫水を洩《も》らして言い、膣内の収縮を活発にさせていった。

弥助も股間をぶつけるように突き動かし、上からピッタリと唇を重ね、ネットリと舌をからませた。

「ンン……」

菊枝も下から激しくしがみつきながら、熱く鼻を鳴らして舌を蠢かせた。

弥助は生温かな唾液のヌメリを味わい、やがて彼女が息苦しくなったように口を離して喘ぐと、熱く甘い吐息を嗅いで高まった。

実に、身分も環境も違うが菊枝の息の匂いは、志保に良く似た白粉《おしろい》臭の刺激を含み、悩ましく彼の鼻腔を満たしてきた。

「しゃぶって……」

鼻を押し込んで言うと、菊枝も舌を這わせてくれた。弥助は、悩ましい唾液と吐息の匂いとヌメリに、たちまち昇り詰めてしまった。

「い、いく……！」

ひとたまりもなく声を洩らして快感に貫かれ、ドクンドクンと熱い大量の精汁を柔肉の奥にほとばしらせた。

「あう、熱い、いい気持ち……、アアッ……！」

噴出を受け止めた途端《とたん》、彼女も狂おしくガクガクと腰を跳ね上げて気を遣《や》ってしまった。

膣内の収縮と締め付けが増し、弥助は心ゆくまで快感を味わい、最後の一滴まで出し尽くしてしまった。そして満足しながら体重を預けていくと、菊枝もグッタリと力を抜いて身を投げ出した。

「ああ、良かった……」

菊枝が息も絶え絶えになって言い、いつまでも膣内をキュッキュッと収縮させていた。弥助も動きを止めてもたれかかっていたが、締め付けに刺激され、ヒクヒクと幹を震わせた。

そして彼女の口に鼻を押し込み、悩ましい息の匂いで胸を満たしながら、うっとりと余韻《よいん》を味わったのだった。

しばし重なったまま荒い呼吸を混《ま》じらせていたが、長く乗っているのも悪いので、やがて彼はそろそろと股間を引き離していった。

「すぐお風呂へ……」

すると菊枝が言い、ノロノロと身を起こしてきた。弥助も彼女を支えながら立ち上がり、全裸のまま部屋を出て風呂場へと移動した。

すでに風呂は沸《わ》いていた。

菊枝が座って手桶《ておけ》に湯を汲み、互いの身体に浴《あ》びせて股間を洗った。

弥助は湯に浸《つ》かって温まり、疲れを癒やすとすぐに出て、部屋に戻ろうとする菊枝を制して目の前に立たせた。

「ね、ゆばりを出して……」

彼は簀《す》の子に座って言い、菊枝の片方の脚を浮かせて風呂桶に乗せ、開いた股間に顔を埋めた。

まだ匂いは残り、舌を這わせると新たな淫水が溢れてきた。

「アア、無理よ、そんなところに顔があったら……」

「少しでいいから」

尻込みする菊枝に言い、彼は豊満な腰を抱えてオサネを吸った。

「あう、駄目、本当に出そう……」

彼女が息を詰めて言い、柔肉の内部を蠢かせた。

そして待つうち、ようやくチョロチョロと熱い流れがほとばしってきた。

弥助は口に受け、淡い味と匂いを貪りながら喉に流し込んだ。

「ああ……、どうして、そんなことを……」

菊枝が言って腰をくねらせるたび、流れが揺らいで口から溢れ、温かく肌を伝い流れた。

ゆばりに一物が浸《ひた》されると、たちまち彼自身はムクムクと雄々《おお》しく鎌首を持ち上げていった。

しかし、あまり溜まっていなかったようで、一瞬勢いが増すと、間もなく流れは治《おさ》まってしまった。彼は割れ目に口を付けて余りの雫《しずく》をすすり、残り香の中で柔肉を舐め回した。

「も、もう堪忍……、お夕食の仕度《したく》をしなければならないから……」

菊枝が足を下ろして言い、クタクタと座り込んだ。

「じゃ、お口でして。また勃っちゃったから」

彼は言い、風呂桶のふちに腰を下ろし、すっかり回復した肉棒を彼女の鼻先に突き付けた。

すると菊枝も素直にしゃぶってくれ、時に豊かな乳房の谷間に挟《はさ》んで揉《も》んでくれた。

「ああ、気持ちいい、いきそう……」

弥助が急激に高まって喘ぐと、菊枝も亀頭を含んで、本格的に舌をからめ、顔を前後させてスポスポと摩擦してくれた。

「い、いく……、アアッ……！」

たちまち昇り詰めた彼は、大きな快感に包まれながら、立て続けとも思えない量の精汁をドクンドクンと勢いよくほとばしらせたのだった。

「ク……、ンン……」

喉の奥を直撃された菊枝は、小さく呻きながらも、摩擦と吸引、舌の蠢きを続行してくれた。

弥助も快感を嚙み締めながら、何度も肛門を締め付けて精汁を脈打たせ、心置きなく最後の一滴まで出し尽くした。

ようやく彼女も愛撫を止め、亀頭を含んだまま口に溜まった精汁を、ゴクリと一息に飲み干してくれたのだった……。

三

「あの、今夜一晩泊めて頂きたいのですが」

二人が風呂から上がって身繕《みづくろ》いを終えると、ちょうど見計らったように店《たな》の戸が叩《たた》かれ、外から女の声がした。

「あの、申し訳ありません。いま閉めておりまして、明日からなら良いのですけれど……」

急いで菊枝が出て、戸を開けて言った。

「明日の朝、江戸へ発つものですから。私、弥助様の知り合いです」

「まあ、そうでしたか。それならばどうぞ」

菊枝が迎え入れたので、弥助も見てみると、着物に手甲脚絆《てっこうきゃはん》、笠と杖《つえ》を持った旅姿の初芽だった。髪も島田《しまだ》に結い、いかにも武家で行儀見習いをしている娘という風情《ふぜい》である。

「弥助さん、この方は」

菊枝が、念のため顔を出した弥助に確認した。

「ああ、中屋敷でお目にかかった方です。江戸に所用《しょよう》があるとかで」

「初芽と申します」

二人が言うと、菊枝も納得して彼女を入れた。

「では、あちらのお部屋へ」

菊枝が、空いた部屋に初芽を案内した。

考えてみれば初芽も、今夜は中屋敷で一夜過ごし、明朝発てば良いことなのに菊枝もそれには気づかないようだった。

と、そこへ藤丸と小梅も帰ってきた。

「おお、弥助も戻っていたか」

藤丸が彼を見て言ったが、あまり絵は売れなかったようで包みを抱えていた。

「小梅、お客様が一人増えたので、急いで仕度を」

菊枝に言われ、小梅もすぐに襷《たすき》と前掛けをして厨《くりや》へ入った。

初芽も自分の部屋に入ったので、弥助は藤丸に呼ばれて離れへ行った。

「で、どうだった。事の顚末《てんまつ》は」

藤丸が、包みを開けて売れ残りの絵を出しながら訊《き》いた。

「ええ、ここに匿われていた姫を、美雪さんと中屋敷へ送り届け……」

「美雪というのは、あの強そうな女丈夫《じょじょうふ》か」

「はい、婚儀《こんぎ》を嫌がって逃げた姫を見つけた礼金です。一両は菊枝さんに預けました」

弥助は言いながら、包みの九両を出した。

「ほう、はずんだなあ。よくこんなにくれたものだ」

「はあ、それにはわけが」

弥助は、夜半に忍び込み、姫の暗殺を企《くわだ》てた素破《すっぱ》と戦った経緯《いきさつ》を説明した。

「そんな活躍をしたのか。ならば十両の礼も頷《うなず》ける。で、その素破は殺しちまったのか」

「さっき泊まりに来た女客がそうです。美女を見たでしょう」

「なに！」

藤丸は目を丸くした。

「どうしてこの宿に」

「私に負けたので、約定《やくじょう》を反古《ほご》にして一緒に江戸へ行きたいようです」

「ふうん、面白い。我らの旅も、最後の最後で目まぐるしくなったな」

「ええ」

彼が答えると、藤丸は九両を包んで差し出してきた。

「お前の手柄だから持っていろ。江戸で長屋でも探すとき、少し借りるかもしれんが」

「分かりました」

弥助は、受け取って懐中に入れた。

やがて藤丸は風呂に入りに行き、弥助も奥にある自分の部屋に戻った。

すると、初芽が入ってきた。髪を結い、こざっぱりした着物姿なので別人のような色気だ。

「忍び刀はどうした」

「あの杖に仕込みました。万一のためなので、もう抜くことはないでしょう」

弥助が訊くと、初芽が答えた。

「江戸へ行ってどうする」

「料理屋の奉公でも、お針でも何でもやって暮らしてゆけます。住まいを探す時お手伝い下さいませ」

「ああ、分かった。どちらにしろ藤丸様も屋敷には戻らないだろうから、一緒に長屋でも探すので」

弥助は淫気を催したが、初芽とはこれからも江戸で会えるだろう。それよりも彼は小梅が名残惜しかったのだ。

初芽も、今はその気にならないようで、少し話して部屋を出て行った。

そして藤丸が風呂から上がると初芽が入り、日が傾く頃に夕餉となった。

初芽も知らない仲ではないということで、厨の横の座敷で三人一緒に膳を前にした。

「初芽さんと言ったか、まあ一杯」

「有難《ありがと》うございます。では」

藤丸が気さくに銚子《ちようし》を差し出すと、初芽も笑みを浮かべ、優雅《ゆうが》な仕草《しぐさ》で盃《さかずき》を受けた。

弥助は飯を掻っ込み、先に食事を終えると風呂に入り、部屋に戻った。

そして彼が床に就《つ》こうとしていると、思っていた通り、寝巻姿の小梅が入ってきたのだった。

四

「お名残惜しいです……。どうしても明日の朝に発たれるのですね……」

小梅が涙ぐんで言い、弥助に縋り付いてきた。

「ああ、仕方ないよ。小梅ちゃんも、良い婿《むこ》をもらって幸せになるんだよ。また来たときは必ず寄るから」

弥助は、美少女の匂いにムクムクと勃起しながら答え、寝巻を脱いでいった。

小梅も全裸にさせて布団に横たえると、生ぬるく甘ったるい匂いが立ち昇り、まだ彼女は入浴前のようだった。

まず弥助は、彼女の足裏に顔を押し付けて舌を這わせ、爪先に鼻を押し付けて蒸れた匂いを貪った。

「あん、そんなところから……」

小梅も、別れの悲しみを吹き飛ばし、目の前のときめきと刺激に専念したように喘いだ。

弥助は爪先をしゃぶり、指の股の蒸れた汗と脂《あぶら》を味わい、両足とも貪ってから股を開かせ、脚の内側を舐め上げていった。

ムッチリとして滑らかな内腿をたどって股間に迫ると、熱気と湿り気が顔中を悩ましく包み込んできた。

ぷっくりした丘に鼻を埋め、恥毛の隅々に籠もる甘ったるい汗と、ゆばりの刺激を吸い込みながら、陰唇の内側に舌を挿し入れていった。

すでに中は生温かな蜜汁《みつじる》がヌラヌラと溢れ、舌の動きが滑らかになった。

彼は膣口の襞をクチュクチュと掻き回し、味わいながらゆっくりオサネまで舐め上げていくと、

「アア……、いい気持ち……」

小梅がビクッと顔を仰け反らせて喘ぎ、内腿でキュッときつく彼の両頬を挟み付けてきた。

弥助はもがく腰を抱え込みながら、執拗《しつよう》にチロチロとオサネを舐め回しては、溢れる淫水をすすり、さらに両脚を浮かせて尻に迫った。

可憐《かれん》な薄桃色の蕾に鼻を埋めると、秘めやかな匂いが籠もり、悩ましく鼻腔を刺激してきた。

彼は顔中を双丘に密着させて匂いを貪り、舌を這わせて襞を濡らすと、ヌルッと潜り込ませて滑らかな粘膜を探った。

「あう、駄目……」

小梅が呻き、キュッと肛門で舌先を締め付けてきた。

弥助は舌を蠢かせてから、脚を下ろして再びオサネに吸い付いたが、

「も、もう堪忍……」

彼女がか細く言って腰をよじったので、彼も股間から這い出して前進し、可憐な乳首にチュッと吸い付いて舌で転がした。

「アア……」

小梅が熱く喘ぎ、両手を回して彼の顔を胸に抱きすくめてきた。

弥助も心地よい窒息感の中、張りのある膨《ふく》らみを顔中で味わい、もう片方の乳首も口に含んで念入りに舐め回した。

両の乳首を充分に味わうと、さらに腕を差し上げて小梅の腋の下にも鼻を埋め込んだ。

生ぬるく湿った和毛には、何とも甘ったるい汗の匂いが濃く籠もり、彼は貪りながら添い寝し、やがて彼女の手を握って一物に導いた。

小梅もニギニギと愛撫してくれながら、自分から身を起こして一物に顔を移動させていった。

「ここ舐めてね」

彼女が開いた股間に腹這いになると、弥助は自ら両脚を浮かせて抱え、尻を突き出した。

小梅も厭《いと》わずチロチロと肛門を舐め回し、熱い鼻息でふぐりをくすぐった。

彼が湯上がりなので、まだ洗っていない小梅は羞恥を甦《よみがえ》らせたように息を弾ませ、やがてヌルッと潜り込ませてくれた。

「く……、気持ちいい……」

弥助は妖しい快感に呻き、美少女の舌先をモグモグと味わうように肛門を締め付けた。

小梅も中で舌を蠢かせ、ようやく彼が脚を下ろすと、舌を引き離してそのままふぐりを舐め回してくれた。二つの睾丸が転がされ、袋全体が生温かな唾液にまみれると、彼はせがむようにヒクヒクと幹を上下させた。

彼女も顔を進め、肉棒の裏側をゆっくり舐め上げ、粘液の滲む鈴口をチロチロとしゃぶり、スッポリと喉の奥まで呑み込んでいった。

幹を丸く締め付けてチュッと強く吸い、鼻息で恥毛をくすぐった。口の中ではクチュクチュと舌がからみつくように蠢き、彼自身は清らかな唾液にどっぷりと浸って高まった。

「ああ、気持ちいいよ、すごく……」

弥助が快感に喘ぎ、ズンズンと小刻みに股間を突き上げると、

「ンン……」

喉の奥を突かれて小梅が小さく呻き、たっぷりと唾液を分泌《ぶんぴつ》させながら合わせて顔を上下させ、スポスポと強烈な摩擦を繰り返してくれた。

「い、いきそう、上から入れて……」

すっかり高まった弥助が言い、小梅の手を引っ張った。

彼女もチュパッと口を引き離して顔を上げ、そのまま前進して一物に跨がってきた。

そして先端に濡れた割れ目を押し付け、位置を定めてゆっくり腰を沈み込ませていった。

張り詰めた亀頭が潜り込むと、あとはヌメリと重みに合わせてヌルヌルッと根元まで受け入れた。

「アア……！」

小梅がビクッと顔を仰け反らせて喘ぎ、完全に座り込んでキュッと膣内を締め付けてきた。

弥助も肉襞の摩擦と大量の潤い、熱いほどの温もりと締め付けを感じながら、中でヒクヒクと幹を震わせた。

もう彼女も挿入の痛みは克服し、むしろ一体となった悦びを感じはじめているようで、心地よい収縮を繰り返していた。

弥助は両手を伸ばして彼女を抱き寄せ、僅かに両膝を立てて尻の感触も味わった。そしてズンズンと小刻みに股間を突き上げながら、舌から唇を重ねて舌をからめた。

「ンン……」

小梅も小さく鼻を鳴らし、潜り込んだ彼の舌にチュッと吸い付いてきた。

弥助は生温かな唾液に濡れた美少女の舌を舐め回し、滴《したた》ってくるヌメリをすすった。

「もっと唾を出して」

口を離して言うと、小梅も懸命に唾液を溜め、白っぽく小泡の多い粘液をトロトロと吐き出してくれた。それを舌に受けて味わい、うっとりと喉を潤して酔いしれた。

「顔にもペッて吐きかけて」

「どうして、そんなことされたいの……」

「小梅ちゃんが、他の男に決してしないことを僕だけにしてほしいから」

言うと、彼女も羞じらいを乗り越えて愛らしい唇をすぼめ、ペッと勢いよく吐きかけてくれた。甘酸っぱい果実臭の息とともに、生温かな固まりが鼻筋をピチャッと濡らし、頬の丸みを伝い流れた。

「ああ、いく。舐めて……」

すっかり高まった弥助が言い、突き上げを早めながら小梅の口に鼻を押し付けると、彼女もヌラヌラと舌を這わせてくれた。

「ああ、いい匂い……」

弥助は、美少女の甘酸っぱい息と、唾液の匂いに包まれながら言い、とうとう昇り詰めてしまった。

「いく、気持ちいい……」

大きな絶頂の快感に貫かれて口走り、熱い大量の精汁をドクンドクンと勢いよくほとばしらせると、

「アアッ……、熱いわ。いい気持ち……！」

噴出を感じた小梅も声を上ずらせ、ヒクヒクと痙攣《けいれん》を開始した。

どうやら気を遣ってくれたらしく、弥助もすっかり満足して快感を噛み締めながら、最後の一滴まで出し尽くしていった。

徐々に突き上げを弱めていくと、小梅も肌の強《こわ》ばりを解いて、グッタリと彼にもたれかかってきた。

まだ収縮が続き、刺激された幹がヒクヒクと内部で過敏に跳《は》ね上がった。

そして彼は、美少女のかぐわしい息を間近に嗅いで胸を満たしながら、うっとりと快感の余韻を味わったのだった。

「これで、もう出来ないのね……」

彼女がか細く言い、また涙を滲ませた。

小梅の鼻の穴も湿ってきたので、舌を這わせると、鼻汁は彼女自身の淫水の味わいとヌメリにそっくりだった。

（やはり、覗《のぞ》いていたか……）

呼吸を整えながら、弥助は襖の向こうで息を殺している初芽の気配を感じていた。それでも構わず、彼は小梅の重みと温もりを感じながら、四肢《しし》の力を抜いていったのだった……。

五

「どうしても、ここに残って頂けないのですね……」

それより少し前、離れに来ていた菊枝が藤丸に言った。

「うん、でもまた立ち寄るからね」

「そんな先のことなど当てになりません。確かに、ここは変わり映《ば》えしないし、賑《にぎ》やかな江戸や旅先の方が面白いでしょうけれど」

「弥助を置いていこうか」

「そんな勝手な。弥助さんだって江戸が良いに決まってます。本当は、いつまでも二人に居てもらって、藤丸さんにはこの離れで好きな絵を描いてくれていたらなって思ったのですけれど」

「まあ、間もなく小梅ちゃんに婿が来るだろうし、女将だってすぐに良い男が出来るよ」

「そんなの、何の慰《なぐさ》めにもなりません」

「とにかく脱ごうね」

藤丸は言い、手早く寝巻を脱ぎ捨てて全裸の巨体を布団に横たえた。

するとと菊枝も、話を止めて脱ぎ、一糸まとわぬ姿になっていった。やはり彼女も、明日の別れより今このときの淫気を解消したいようだった。

「憎らしい。好きなようにさせてもらいますよ」

菊枝は言い、仰向けの彼に覆いかぶさり、耳たぶにキュッときつく歯を立ててきた。

「あう、もっと強く……」

藤丸は甘美《かんび》な刺激に呻き、クネクネと身をよじらせた。

菊枝も燃え上がり、彼の肌にグイグイと豊かな乳房を押し付けながら耳たぶを噛み、耳の穴にも舌を入れてクチュクチュ蠢かせた。

そして首筋を舐め降り、熱い息で肌をくすぐりながら、彼の乳首にチュッと吸い付き、舌を這わせてからキュッと噛みついてきたのだ。

「あうう、もっと……」

藤丸も激しく勃起しながら身悶え、先端から粘液を滲ませた。

菊枝は左右の乳首を、舌と歯で愛撫し、何度も吸い付いてから肌を舐め降りていった。

彼が大股開きになると、菊枝も真ん中に腹這い、胸を突き出して一物に擦り付けてきた。

豊かな胸の谷間に肉棒を挟んで揉み、時に乳首を押し付け、彼は肌の温もりと弾力で揉みくちゃにされながら高まった。

さらに彼女は藤丸の両脚を浮かせ、肛門に乳首を押し付けた。

「あう、気持ちいい……」

藤丸は乳房の膨らみを尻の谷間に感じ、コリコリする乳首に肛門を刺激されて呻いた。

ようやく彼女も胸を引き離し、彼の肛門をチロチロと舐め、ヌルッと潜り込ませて蠢かせた。

「く……」

藤丸は妖しい快感に呻き、キュッと肛門で舌先を締め付けた。

脚を下ろすと、菊枝がふぐりにしゃぶり付き、チュッと睾丸を吸った。

「あう、強いよ、もっと優しく……」

急所に吸い付かれ、思わず藤丸は腰を浮かせながら呻いた。

菊枝も熱い息を股間に籠もらせながら舌で睾丸を転がし、充分に袋を舐め回してから、肉棒の裏側を舐め上げてきた。

滑らかに濡れた舌が先端まで来ると、彼女は小指を立てて幹を支え、粘液の滲む鈴口をヌラヌラと舐め回してくれた。

「アア……」

藤丸は喘ぎ、ヒクヒクと幹を震わせた。

それを菊枝がパクッと捉え、亀頭に吸い付きながらモグモグと根元までたぐって呑み込んだ。

熱く濡れた口腔に深々と含み、彼女は息で恥毛をそよがせながら、上気した頬をすぼめて吸い付き、口の中では満遍《まんべん》なくクチュクチュと舌をからみつけた。

さらに貪るように吸引しながら顔を上下させ、スポスポと強烈な摩擦を繰り返した。

「い、いきそう……」

藤丸が降参するように言うと、すぐに菊枝もスポンと口を引き離し、添い寝してきた。

入れ替わりに身を起こした彼が、身を投げ出した菊枝の足に顔を寄せ、爪先に籠もった匂いを嗅ぎ、汗と脂に蒸れた指の股を順々に舐め回した。

「あう……」

すっかり受け身に転じた菊枝が、熟れ肌を悶えさせて呻いた。

藤丸は両足とも味と匂いが薄れるほど貪り、脚の内側を舐め上げていった。

白くムッチリした内腿を舐めると、

「か、嚙《か》んで、痕《あと》が付くほど……」

今度は菊枝が声を震わせ、強い刺激を求めてきた。

「そんな強く嚙むわけにいかないよ」

「お願い、痕をつけて欲しいの……」

菊枝がせがみ、藤丸も大きく口を開いて内腿の肉をくわえ込んだ。

小刻みに嚙むと、熟れ肌の弾力が心地よく伝わり、陰戸から発する熱気と湿り気が顔中を包み込んできた。

「あう、もっと、血が出るほど……!」

菊枝がクネクネと身悶えて言い、藤丸も加減しながら左右の内腿を噛んでやったが、もちろん歯形までは付けなかった。

そして大量の淫水にまみれている割れ目に舌を這わせ、柔らかな茂みに鼻を擦りつけて嗅いだ。生ぬるい汗とゆばりの匂いが悩ましく鼻腔を刺激し、彼は淡い酸味のヌメリをすすった。

突き立ったオサネに吸い付いて蒸れた匂いに噎《む》せ返り、さらに両脚を浮かせて白く豊満な尻の谷間に鼻を埋め込んでいった。

桃色の蕾に籠もる匂いを貪り、舌を這わせて襞を濡らし、ヌルッと潜り込ませて粘膜を探ると、

「く……、いい気持ち……」

菊枝が呻き、キュッと肛門で舌先を締め付けてきた。

藤丸は舌を蠢かせ、ようやく脚を下ろして再びオサネに吸い付いた。

「ね、ゆばりを放って。決してこぼさないから」

ふと、舌を引っ込めて股間から言うと、

「そ、そんなの無理よ……」

菊枝が嫌々をして答えた。

「ほんの少しでいいから」

藤丸は執拗にせがみ、なおも割れ目を吸い、尿意を促すように指を入れ、膣内の天井も圧迫しながら擦った。

「あう、そんなことすると本当に出るわ……」

菊枝もその気になったように言い、藤丸も指を引き抜いて本格的に吸い付き、内部に舌を這い回らせた。

すると、たちまち奥の柔肉が迫り出すように盛り上がり、味わいと温もりが変わってきた。

「く……、出ちゃう……」

菊枝が息を詰めて言うなり、チョロチョロと熱い流れがほとばしってきた。

彼は口を付けてすすり、布団を濡らさぬように、味わう暇もなく喉に流し込んでいった。

淡い味わいで抵抗もなく飲み込め、鼻から抜ける匂いが悩ましかった。

「アア……」

菊枝も熱く喘ぎ、朦朧《もうろう》としながら放尿を続け、勢いを増した。

それでも流れはすぐに治まり、藤丸もこぼさずに飲み干してしまった。

なおも余りの雫をすすり、柔肉の内部を舐め回すと、新たに淡い酸味のヌメリが溢れて割れ目の中に満ちていった。

「い、入れて……」

すると、すっかり高まったように菊枝がせがんできた。

「わしが上になると重いよ」

「いいの、重いのが嬉しいの……」

彼女が言い、藤丸も身を起こして股間を進めていった。

先端を濡れた割れ目に擦り付け、かつて小梅が産まれ出てきた膣口にヌルヌルッと潜り込ませていくと、

「アアッ……、いい……！」

菊枝が身を弓なりに反らせて喘ぎ、根元まで入った一物をキュッときつく締め付けてきた。

藤丸も、肉襞の摩擦とヌメリを味わいながら深々と挿入し、股間を密着させて脚を伸ばし、身を重ねていった。

そして屈み込み、豊かな乳房に顔を埋め込んで乳首に吸い付いた。

「ああ、そこも噛んで……」

菊枝が、最後と思い痛いほどの刺激を求めてきた。

藤丸も左右の乳首を充分に吸って舐め回し、前歯でコリコリと嚙んでやった。

「あう、もっと強く……」

彼女が息を詰めて言い、待ちきれないようにズンズンと股間を突き上げはじめた。藤丸も合わせて腰を遣い、快感を味わいながら大量のヌメリで動きを滑らかにさせていった。

両の乳首を味わうと、彼は動きながら菊枝の腋の下にも鼻を埋め、色っぽい腋毛に沁み付いた甘ったるい汗の匂いで胸を満たした。

さらに白い首筋を舐め上げて唇に迫ると、彼女も下から両手でしがみつき、さらに離さぬように両脚まで彼の腰に巻き付けてきた。

色っぽく喘ぐ口に迫ると、熱く湿り気ある吐息が、白粉に似た甘い刺激を含んで彼の鼻腔を搔き回してきた。

「いい匂い……」

鼻を押し込んで嗅ぎながら、うっとりと言い、彼は美女の口の匂いに酔いしれた。すると菊枝がヌラヌラと鼻の穴を舐めてくれ、藤丸も高まって動きを激しくさせていった。

ピチャクチャと淫《みだ》らに湿った摩擦音が響き、それに肌のぶつかる音がヒタヒタと混じって聞こえてきた。

膣内の収縮も高まり、彼は股間をぶつけるように突き動かしては、何度となく菊枝に唇を重ねて舌をからめ、生温かな唾液とかぐわしい息を貪った。

「き、気持ちいいわ、いっちゃう……、アアーッ……！」

とうとう菊枝が顔を仰け反らせて喘ぎ、ガクガクと狂おしい痙攣を開始して気を遣ってしまった。

膣内の収縮も最高潮になり、その渦に巻き込まれるように、続いて藤丸も昇り詰めた。

「く……！」

大きな快感に全身を包み込まれながら呻き、熱い精汁をドクンドクンと勢いよく注入すると、

「あう、もっと……！」

深い部分に噴出を感じ、菊枝は駄目押しの快感を得たように口走った。

膣内は飲み込むようにキュッキュッと締まり、彼は心ゆくまで快感を噛み締めながら最後の一滴まで出し尽くしていった。

藤丸は、すっかり満足しながら徐々に律動《りつどう》を弱めてゆき、太鼓腹を密着させながらもたれかかっていった。

「アア……、すごいわ、溶けてしまいそう……」

菊枝は朦朧として言い、息も絶え絶えになりながら熟れ肌の強ばりを解いて、グッタリと身を投げ出していった。

まだ膣内の収縮は名残惜しげに続き、射精直後の一物が刺激されてヒクヒクと過敏に内部で跳ね上がった。

「あう、もう堪忍……」

菊枝も感じすぎるように呻いて言い、幹の脈打ちを押さえるようにキュッときつく締め付けてきた。

藤丸は力を抜き、彼女の喘ぐ口に鼻を押し込み、熱く甘い息を胸いっぱいに嗅ぎながら、うっとりと快感の余韻を味わったのだった。

「ああ……、とうとうお別れなのですね……、でもこの何日か、とっても楽しかった……」

菊枝が囁き、見ると涙が一筋流れていた。

そのときは愛《いと》しさが募り、藤丸もここにとどまろうかと迷ったほどだった。

「ごめんね。わしもすごく楽しかった。有難《ありがと》う」

藤丸は言い、呼吸を整えると、そろそろと股間を引き離して添い寝した。

すると菊枝が懐紙《かいし》を手にし、淫水と精汁に濡れた一物を、優しく拭ってくれたのだった。

「さあ、このままお休みなさいませ」

菊枝も気を取り直して言い、身を起こして寝巻を羽織《はお》ると、彼に掻巻《かいまき》を掛けて静かに部屋を出て行ったのだった。

第六章　帰ってきた江戸で蜜戯《みつぎ》

一

「二人とも、何と女たらしな……」

明け方、初芽が囁《ささや》き、弥助は目を覚ました。まだ外は暗く、七つ（午前四時）前だろう。

気がつくと初芽が添い寝し、布団の中で彼の一物を弄《もてあそ》んでいた。

「じゃ離れまで覗《のぞ》いたのか」

「ええ、二人とも良く似ています。女の匂いが好きで、それで気が合い、長く一緒の旅も出来たのですね」

彼女は横からピッタリと密着し、朝立ちしかけた半勃起の一物に指を這《は》わせ続けた。

「もう少し寝かせてくれ。今日は一日中歩くのだから」

「ええ、寝て構いません。飲みたいだけですから」

初芽が顔を寄せて囁いた。寝起きで濃くなった肉桂《にっき》臭の吐息が鼻腔《びこう》を刺激し、弥助も徐々に淫気を高めてしまった。

「喉《のど》が渇いている。唾《つば》が欲しい……」

言うとすぐにも初芽が上からピッタリと唇《くちびる》を重ね、トロトロと生温かな唾液《だえき》を注いでくれた。

細かに弾《はじ》ける小泡の一つ一つにも、妖《あや》しい芳香が含まれているようで、彼は味わって喉を潤《うるお》すと、さらに甘美《かんび》な興奮に包まれていった。

いつしか一物は、初芽の手のひらの中でムクムクと最大限に勃起していった。

そのまま彼女のかぐわしい口に鼻を押し当てて息を嗅《か》ぐと、もうすっかり射精しなければ治《おさ》まらないほどになってしまった。

「私の匂い好き？」

「うん……」

「じゃこれは？」

彼女は言うなり、ケフッと軽くおくびを漏《も》らした。それは熱く生臭いのに、やけに官能的に鼻腔に沁《し》み込んできた。

胸が刺激されると、幹《みき》がピクンと反応した。

「ふふ、胃の腑《ふ》で作った匂いの媚薬」

初芽が囁いた。どうやら食べたものの成分を胃で熟成し、男が感じる匂いに作り替えてしまうようだった。

「すごい技があるんだな。淫法《いんぽう》使いというのは……」

弥助は感心しながら初芽の口を嗅ぎ、何度となく舌をからめては、新鮮な唾液をすすって高まっていった。

「そろそろ良いようだわ」

初芽が指を離すと、総入れ歯を手のひらに吐き出して言い、布団の中に潜《もぐ》り込んでいった。

「見せて……」

彼が言って手を伸ばすと、初芽も嫌がらず彼に入れ歯を渡してくれた。

見ると、彼女自身のものだったらしい綺麗《きれい》な歯並びが、黄楊《つげ》の土台に埋め込まれている。もちろん歯の根までは植えられず、上部だけが加工されているようだった。

唾液に濡れたそれは、ほのかに艶《なま》めかしい匂いを沁み付かせている。

黄楊の土台も、彼女の歯茎《はぐき》に合わせて滑《なめ》らかに成形されていた。

すると布団の中で、彼の股間に腹這いになった初芽が、先端を舐《な》め回し、勃起した肉棒をスッポリと呑み込んできた。

根元まで含むと唇で幹を丸く締め付けて吸い、布団の中の温もりに、彼女の息の温かさが混《ま》じった。

口の中ではクチュクチュと舌が蠢《うごめ》き、たちまち肉棒全体は美女の生温かな唾液にどっぷりと浸《ひた》って震えた。

「アア……」

弥助は快感に喘ぎ、うっとりと全身で快感を受け止めた。

初芽は唇と舌の愛撫のみならず、滑らかな歯茎も駆使《くし》して幹や雁首を擦《こす》り、本格的に吸引と摩擦を繰り返しはじめた。

弥助もズンズンと小刻みに股間を突き上げ、まるで初芽と口吸いしているかのように入れ歯の歯並びを舐め、悩ましい匂いに高まっていった。

「い、いく……！」

たちまち昇り詰め、弥助は口走りながら大きな絶頂の快感に全身を包み込まれてしまった。

同時にドクンドクンと勢いよく、朝一番の濃厚な精汁をほとばしらせ、初芽の喉の奥を直撃した。

「ク……、ンン……」

噴出を受けながら初芽が布団の中で小さく呻《うめ》き、なおも吸引を強めてくれた。

するとドクドクと脈打つ調子が無視され、ふぐりから直《じか》に精汁を吸い出されているような激しい快感に見舞われた。

舌と歯茎の技ばかりでなく、摩擦と吸引もまた他の誰より巧《たく》みだった。

「あう、気持ちいい……」

弥助は魂《たましい》まで吸い取られるような快感に呻き、身を反《そ》らせてヒクヒクと幹を震わせた。

たちまち最後の一滴まで出し尽くし、グッタリと身を投げ出すと、初芽も吸引を止《や》め、亀頭を含んだまま口の中の精汁をコクンと飲み込んでくれた。

「く……」

嚥下《えんげ》とともに口腔がキュッと締まり、彼は駄目《だめ》押しの快感に声を洩《も》らした。

ようやく初芽も口を引き離し、なおも巧みに幹をしごいて余りを絞り出すと、鈴口から滲《にじ》む雫《しずく》まで丁寧《ていねい》にチロチロと舐め取ってくれたのだった。

「も、もういい……」

弥助も過敏に反応して言い、クネクネと腰をよじった。

すると初芽も舌を引っ込めて布団から這い出し、添い寝しながら彼の手から入れ歯を受け取って装着した。

「ああ、気持ち良かった」

「そう、私も嬉《うれ》しい」

弥助が手足を伸ばし、呼吸を整えながら言うと初芽も答えた。そして添い寝してもらいながら、彼女の匂いに包まれて余韻を味わった。

「すっかり目が冴えてしまったじゃないか……」

「もう一眠りした方が良いですね」

弥助が言うと、初芽は答えながら再び胃の腑で何やら調合をして、彼の鼻先でほっと息を吐いた。

甘酸っぱい匂いに、また興奮してしまうかと思ったが、それはやけに安らぎを感じる匂いで、見る見る全身から力が抜けていった。

初芽は薬草の知識も豊富で、それらの成分も体内に溜め込み、必要に応じて出せるようで、弥助の里の素破《すっぱ》より、ずっと高度な術を持っているようだった。

「ああ、眠くなってきた……」

「ええ、ゆっくりお休み下さいませ」

弥助が目を閉じて言うと、初芽が優しく囁き、間もなく彼は心地よく深い睡《ねむ》りに落ちていったのだった……。


——弥助が次に目覚めたのは、もう空が明るくなっている頃で、厨《くりや》からは母娘《おやこ》が朝餉《あさげ》の仕度《したく》をする物音が聞こえていた。

もちろん隣に、もう初芽の姿はない。

(さて、起きるか……)

弥助は思い、大きく伸びをしてから身を起こした。寝不足の感覚はなく、実に心身がすっきりしていた。

寝巻姿のまま部屋を出ると、ちょうど離れから藤丸も起きてきた。

一緒に顔を洗い、交代で厠《かわや》を使ってから厨に行くと、すでに隣の部屋には朝餉の膳が揃い、初芽も身支度を調《ととの》えて座していた。

「やあ、おはよう」

「おはようございます」

気さくに藤丸が言うと、初芽も笑顔で答えた。

どうやら藤丸は、菊枝より若く、幼い小梅より色っぽい初芽に淫気を湧《わ》かせはじめているようだった。

やがて食事をし、菊枝と小梅が甲斐甲斐《かいがい》しく給仕してくれた。

もうすっかり気持ちの整理を付けたようで、母娘とも明るく皆を送り出してくれるようだ。

食事を終えると各部屋に戻り、手甲脚絆《てっこうきゃはん》の旅支度を調えると、五つ（午前八時頃）に発《た》つことにした。

「あの、これお釣りです」

三人が草鞋《わらじ》を履くと、菊枝が金の包みを弥助に出してきた。

「いいですよ、お世話になったのだし」

「いいえ、三人にしても、一両では多すぎますので」

「いいさ、小梅ちゃんが何か買うといい」

藤丸も言い、三人は腰を上げた。

「そうですか。では頂戴《ちょうだい》しますので、また必ずお立ち寄り下さいませ。では、お名残惜しいですけれど、どうか道中お気を付けて」

菊枝が金をしまい、握り飯の弁当を渡して三人を送り出して言い、小梅も少し寂しげにしながらも笑みを浮かべて辞儀《じぎ》をした。

「じゃ、行くね。身体に気をつけて」

弥助は言い、手を振って三人で歩き出した。少し歩いて振り返ると、まだ母娘はこちらを見つめ、その遥《はる》か向こうに白亜《はくあ》の城が見えた。

弥助は、香穂の顔も思い浮かべ、やがて東に向かっていったのだった。

二

「あれ？　美雪さん、どうして……」

三人で街道を進んでいると、松の根方に座っていた人が立ち上がってこちらを見た。

それは長身で二本差し、手甲脚絆の旅支度で、笠を抱えた美雪ではないか。どうやら、一行が来るのを待っていたようだ。

「仔細《しさい》を殿へ報《しら》せに、江戸屋敷へ行くことになった」

「そうでしたか」

「道連れが増えたのか」

美雪は、初芽を見て言った。

「初芽と申します。江戸までご一緒することになりました」

「左様か、私は相良美雪」

女二人は挨拶《あいさつ》を交《か》わし、四人で歩きはじめた。

小田原の宿を出ると、酒匂《さかわ》、大磯《おおいそ》、平塚《ひらつか》の宿を越えた馬入川《ばにゅうがわ》の河原で、菊枝にもらった握り飯で昼餉にした。

美雪も、自分の弁当を持ってきていた。

鍛《きた》えられた三人は元より、大兵《だいひょう》肥満の藤丸も、なかなかどうして頑丈《がんじょう》に出来ているので歩調が遅れるようなことはない。

「夜までに江戸に着きますね」

「なあに、急ぎの用があるわけじゃなし、思いのほか金もあるので、暗くなったら品川《しながわ》あたりに泊まっても構わないだろう」

弥助が言うと、藤丸が答えた。

そして食事を終えると、四人は立ち上がった。

しかし馬入川の渡し船は客が一杯で、あと二人ぐらいしか乗れないようだ。

　すると、そこへ褌《ふんどし》姿の川越し人足《にんそく》がやって来た。

「輿《こし》でお渡ししましょう。女の方は軽いので、船賃の半額で結構ですんで」

　人足が、巨漢の藤丸をチラと見て言った。

「ああ、それがいい。初芽さんと美雪さんは、混んだ舟より、景色を見ながらのんびり渡ってきなさい」

　藤丸が言い、弥助を促して舟に乗り込んだ。巨漢の彼が乗り込むと、舟が大きく揺らぎ、船頭が慌てて舵棒《かじぼう》で支えた。

　弥助も乗り込んで見ると、美雪と初芽は二人用の輿に乗り込んで座り、四人の人足が担《かつ》ぎ上げた。

　そして人足たちが川に浸《つ》かっていくと、渡し船も東岸へと進みはじめた。

　弥助が見ていると、美雪は男のように胡座《あぐら》をかき、初芽は涼しい顔で正座していた。

「お嬢さんも胡座にした方が良いですよ。揺れて危ないですからね」

　髭《ひげ》面の人足が言った。

　わざと輿を揺らして裾《すそ》を乱し、陰戸を覗こうという破落戸《ごろつき》まがいの人足がいると聞いていたので、その類《たぐ》いかもしれない。

しかし初芽は笑みを含んで正座のままでいて、弥助も、あの二人なら少々のことがあっても大丈夫だろうと思った。

すると思った通り、人足たちは深みに入ってから輿を揺らし、初芽の裾を乱そうとしはじめたではないか。

だが初芽は一向に動じず、いくら揺らしても巧みな均衡《きんこう》で姿勢を崩すことはなかった。それで人足たちも疲れてきたし、今日はどうも調子が悪いと思ったようで諦《あきら》めたようだ。

先に渡し船が東岸に着き、賃金を払った客たちが降りて街道へ向かい、船頭も新たな客を乗せて西岸に引き返していった。

弥助と藤丸が河原で待っていると、ようやく輿が上がってきたが、何やら揉めているようである。

「半額と申したであろう。船賃は十文と聞くので、五文で良かろう」

「おきゃあがれ。二人分で十文。しかも舟は船頭一人だが、こっちは四人なんだから締めて四十文だ」

揺《ゆ》すっても二人が動じなかったから、人足たちも機嫌《きげん》が悪いようだ。

「なるほど、そういう強請りたかりをするのか」

美雪が言い、五文だけ置いて輿を降りようとすると、人足たちが輿を激しく持ち上げた。

「こいつ！　女だてらに刀なんぞ差しやがって。濡れ鼠《ねずみ》になって脱がしてやらあ！」

頭が怒鳴《どな》り、四人で輿を傾けたが、いち早く初芽が難なく河原に飛び降り、庇《かば》おうとして気遣っていた美雪も無用とみて跳躍。

女二人が軽やかに河原に降り立ったので、四人は輿を置いて取り囲んできた。

「構わねえ、脱がしちまえ。次の渡しが来るまで間がある」

髭面の頭が言うと、三人も、まずは丸腰の初芽に飛びかかった。

見ている弥助と藤丸は出る幕もなく、たちまち三人が、

「むぐ……！」

「ぐええ……」

初芽の蹴《け》りと手刀《しゅとう》を受け、奇声を発して倒れていった。

「な、なに……、うぐ……！」

頭が目を丸くすると、その開いた口に初芽が勢いよく吐き出した痰《たん》が鋭《するど》く飛び込んで喉を塞《ふさ》いだ。頭は膝《ひざ》を突き、喉を押さえて苦悶《くもん》した。

「自分の唾で飲み込め。息が詰まって死ぬぞ」

弥助が声をかけると、頭はやっとの思いで飲み込み、

「おえぇ……」

気持ち悪さに吐きそうになっていた。

「美女の吐き出したものを気味悪がるとは、何という愚《おろ》か者か。助けるんじゃなかった」

弥助が呆《あき》れて言うと、四人の人足たちは輿もそのままに、肩を貸し合いながらたむろする小屋の方へと逃げていった。

「さあ、行こうか」

藤丸が街道に向かって歩きはじめたが、美雪はじっと初芽を睨んでいた。

「お前、何者……。どこかで見た体つきだが、まさか中屋敷に忍んだ曲者《くせもの》」

「まあ、勘《かん》の良いこと」

初芽が笑みを浮かべて答えると、美雪はいきなり抜刀した。

「弥助殿！　殺したと言ったは偽《いつわ》りか！」

美雪が怒鳴りながら初芽に斬りつけたが、

「あははは」

彼女は笑いながら避け、松林の方へ逃げて行き、それを美雪が必死に追った。

「おいおい、まだ悶着《もんちゃく》が続くのかい」

藤丸が嘆息《たんそく》して言い、弥助と一緒に二人を追いかけて林に入った。

先に弥助が追いつくと、初芽は美雪の攻撃を避けて懐《ふところ》に飛び込み、裁着袴《たつつけばかま》の上から美雪の陰戸を探り、さらにもう片方の手では尻を押さえつけていた。

あとで聞くところによると、尾てい骨の上方にある「仙骨《せんこつ》」という快楽を増すツボを刺激したらしい。

同時にオサネも巧みに刺激しているから、美雪は刀を取り落として硬直《こうちょく》し、

「アアーッ……！」

恍惚《こうこつ》の表情を浮かべて喘ぎ、とうとうクタクタと崩れ落ちてしまった。どうやら初芽の淫法で、一瞬のうちに気を遣《や》ってしまったらしい。

「す、すごい……」

追いついた藤丸も、見て声を洩らした。

「なんて感じやすい身体かしら」

初芽は言って美雪を草の上にそっと横たえ、落ちた刀を袖で拭いて、鞘《さや》に戻してやった。

「すぐ気がつくし、もう戦う気も抜けたでしょうから、弥助様が付いていてあげて下さいませ」

「ああ、分かった。じゃ初芽は藤丸さんと一緒に先へ」

弥助が言うと、

「じゃ一足先に参りましょう」

初芽は言って藤丸を促し、二人で街道に向かっていった。

それを見送ってから、弥助は美雪に近づいた。

見ると美雪はうっとりと半眼になって喘《あえ》ぎ、たまに思い出したようにビクッと全身を震わせていた。

弥助は抱き起こし、半開きになっている唇に唾液を垂らしてやった。すると美雪が彼に両手を回して引き寄せ、唇を重ねてきたのだ。

彼もピッタリと合わせて舌をからめ、濃厚な花粉臭の吐息を嗅ぎながら、滑らかな舌を味わった。

そっと股間に触《ふ》れてみると僅《わず》かに湿り、どうやら中は粗相《そそう》したように淫水でビショビショになっているようだった。

弥助は唇を離し、彼女の大小を鞘ぐるみ抜いて袴《はかま》を脱がせはじめた。

三

「アア……、私は、どうしたの……」

弥助が濡れた股間を拭いてやっていると、ようやく美雪が自分を取り戻しはじめたように、朦朧《もうろう》として言った。

「初芽の淫法で気を遣ってしまったのですよ」

「淫法？　やはり、あの女は素破……」

弥助が答えると、美雪は懸命に闘志を湧《わ》かして起き上がろうとしたが、まだ全く力が入らないようだった。

「もう姫を狙《ねら》うのは止めたので、どうか咎《とが》めないで下さい」

「そ、そんなことより、女にいかされて気味が悪い。弥助殿が抱いて……」

「もっと力が抜けますよ。江戸まで歩けますか」

「大丈夫。お願い」

美雪が熱っぽい眼差《まなざ》しで懇願《こんがん》し、弥助も淫気を湧かせて彼女の股間に顔を埋め込んでいった。

茂みには汗とゆばりの匂いが濃厚に籠《こ》もり、光沢《こうたく》を放つ大きなオサネがツンと突き立っていた。

彼は鼻を擦りつけて悩ましい匂いを貪《むさぼ》り、大量の淫水にまみれた割れ目を舐め回してヌメリをすすり、オサネにも吸い付いていった。

「アア……、いい気持ち……」

美雪がビクッと顔を仰け反らせて喘ぎ、引き締まった内腿《もも》でムッチリときつく彼の両頬《ほお》を挟《はさ》み付けてきた。

さらに弥助は彼女の両脚を浮かせ、尻の谷間で枇杷《びわ》の先のように僅かに突き出た蕾《つぼみ》に鼻を埋め、生々しい匂いを嗅いでから舌を這わせた。

木々の間から日が射《さ》し込み、草と土の匂いも新鮮で、外でするのも悪くないと弥助は思ったものだった。

「あう、そんなところは良いから、私も舐めたい……」

美雪が腰をくねらせて呻き、彼も股引《ももひき》を下ろし下帯を解き放って、ピンピンに勃起した一物を露《あら》わにした。

すると美雪がようやく身を起こし、弥助を仰向《あおむ》けにさせて股間に顔を迫らせてきた。

張り詰めた亀頭にしゃぶり付き、たっぷりと唾液にまみれさせて根元まで呑み込み、頬をすぼめて吸い付いた。

「アア……」

弥助も快感に喘ぎ、美雪の口の中でヒクヒクと幹を震わせて高まった。

彼女は貪るように吸い付いて舌をからませ、やがて充分に濡れると自分からスポンと口を離し、身を起こして前進してきた。

彼の股間に跨《また》がり、先端に濡れた割れ目を押し付けると、息を詰めてゆっくり腰を沈み込ませていった。

たちまち、屹立《きつりつ》した一物はヌルヌルッと滑らかな肉襞の摩擦を受けながら、深々と膣口に呑み込まれ、やがて互いの股間が密着した。

「あう、いい……！」

完全に座り込み、美雪がキュッと締め付けて呻いた。

そしてすぐにも身を重ね、上からピッタリと唇を重ね、執拗に舌をからめながら腰を遣いはじめたのだ。

弥助も両手を回してしがみつき、合わせてズンズンと股間を突き上げ、急激に絶頂を迫らせていった。

「い、いっちゃう……、アアーッ……！」

たちまち美雪がガクガクと狂おしい痙攣《けいれん》を開始し、声を上ずらせて気を遣ってしまった。

弥助も彼女の口に鼻を擦りつけ、悩ましい花粉臭の吐息と唾液のヌメリを感じながら、続いて絶頂に達した。

「く……！」

大きな快感に呻き、熱い大量の精汁をドクンドクンと勢いよくほとばしらせ、柔肉の奥を直撃した。

「ヒッ……、感じる……！」

噴出を受けた美雪が駄目押しの快感を得て息を呑み、キュッキュッと激しく膣内を収縮させた。

弥助は快感を嚙み締め、心置きなく最後の一滴まで出し尽くし、満足しながら徐々に突き上げを弱めていくと、

「アア……」

美雪も力尽きたように声を洩らし、グッタリともたれかかって彼に体重を預けてきた。

弥助は息づく膣内でヒクヒクと過敏に幹を震わせ、彼女の重みと温もりを感じ、湿り気あるかぐわしい息を間近に嗅ぎながら、うっとりと快感の余韻《よいん》を味わったのだった……。

——それより少し前、藤丸も初芽を誘い、ひと気のない土手へと行った。

「ねえ、どうせあいつらしばらく来ないだろうから、ここでしようよう」

藤丸は巨体をくねらせ、甘えるようにしなだれかかって言った。

「私の素性《すじょう》が気にならないのですか」

「そんなことどうでもいいよ。気持ち良ければ」

藤丸は裾をからげながら答えた。

もちろん川越し人足たちへの攻撃を見て、初芽が素破だろうということぐらい分かっていた。

そして彼は土手の斜面に仰向けになり、下帯を解いてピンピンに突き立った一物を露わにしてしまった。

「ね、こんなに勃っちゃった。初芽の中に入れたいよお」

「まあ、すごく雁首が太いのですね」

幹をヒクつかせて言うと、初芽も熱い視線を注いで手を伸ばし、やんわりと包み込みながら添い寝してくれた。

藤丸が唇を求めると、初芽もネットリと舌をからめ、生温かな唾液をトロトロと注ぎ込んでくれた。

彼はうっとりと喉を潤し、肉桂に似た息の匂いに酔いしれた。

この色っぽい口から、人を窒息させる痰を吐き出すと思うと、それもゾクゾクする興奮となった。

「ね、舐めたい……」

充分に初芽の唾液と吐息を吸収すると、彼は口を離してせがんだ。

すると彼女も一物から手を離し、立ち上がって裾をめくった。そしてためらいなく藤丸の顔に跨がり、ゆっくりしゃがみ込んでくれたのだ。

「わあ、嬉しい……」

藤丸は嬉々《きき》として腰を抱き寄せ、白くムッチリと張り詰めた内腿の間に顔を埋め込んでいった。

柔らかな茂みに鼻を擦りつけて嗅ぐと、甘ったるい濃厚な汗の匂いと、ゆばりの匂いが混じって籠もり、悩ましく鼻腔を刺激してきた。

貪るように胸を満たしながら舌を挿《さ》し入れ、息づく膣口の襞からオサネまで舐めあげていくと、

「あん……」

初芽が喘ぎ、思わずギュッと彼の顔に座り込んできた。

藤丸も生ぬるい匂いに包まれながら夢中で舐め、溢れてくる淡い酸味のヌメリをすすった。

さらに白く豊満な尻の真下にも潜《もぐ》り込み、顔中に双丘を受け止めながら、微香の籠もる蕾を嗅ぎ、舌を這わせてヌルッと潜り込ませた。

「あう……」

初芽は呻き、肛門でキュッと舌先を締め付けてきた。

やがて前も後ろも味わい、舌を離すと彼女も股間を引き離した。

「ね、しゃぶってから跨いで入れて」

「どうしようかしら。入れると旅が難儀になるし」

「そんなこと言わずにお願い……」

藤丸がクネクネと悶えながら、縋り付くように言った。すると初芽も彼の股間に屈《かが》み込み、口を寄せてきた。

「じゃ、こうしましょう。十数える間、私のおしゃぶりを我慢できたら入れてあげる」

初芽が、股間から艶めかしい眼差しで言った。

「そんな、十数えるぐらいわけなくもてるよ。じゃ、しゃぶって」

藤丸が、せがむように幹を上下させて言うと、初芽も粘液の滲む鈴口にチロチロと舌を這わせた。

そして亀頭を含む前に一瞬口を離し、手のひらに何かを吐き出してから、そのままスッポリと根元まで呑み込んできたのだ。

「じゃ数えるよ。一、二……」

彼は数えながら、股間に籠もる熱い息と、初芽の生温かな唾液のヌメリ、それに唇の締め付けと吸引、中で蠢く舌を感じながら高まっていった。

「え？　何これ……、三、四、五……」

藤丸は、舌と唇だけではない何か未知の感触を感じ取り、妖しい快感に息を弾ませた。

嚙まれているのに歯が感じられず、滑らかに濡れた歯茎に刺激され、今まで得たこともない快感に包まれたのだ。

「ま、まさか、入れ歯を外して舐めてるの……？　六、七……、あうう、もう駄目だ、いく……！」

藤丸は声を上《うわ》ずらせ、絶頂の快感に貫かれてしまった。

「ああ、気持ちいい……！」

喘ぎながら、ドクンドクンとありったけの熱い精汁をほとばしらせると、

「ク……、ンン……」

初芽も噴出を受け止めて小さく呻きながら、なおも吸引と舌の蠢き、唇と歯茎による二重の摩擦を続行した。

藤丸は身悶《みもだ》えながら、とうとう最後の一滴まで出し尽くしてグッタリと力を抜いた。

ようやく初芽も強烈な愛撫を止め、亀頭を含んだまま大量の精汁をゴクリと飲み込み、口を離して鈴口を舐め回してくれた。

「あうう、も、もういい、有難う……」

過敏に腰をよじらせながら言うと、初芽も舌を引っ込めて顔を上げた。

その口には、いつの間に装着したのか白い歯並びが覗き、藤丸は余韻の中で、素破とはすごいものだと思ったのだった。

四

「おお、やっと来たか。では行くぞ」

藤丸と初芽が街道で待っていると、ようやく弥助と美雪も追いついてきた。

美雪は、初芽が恐いのか避けるようにし、もうすっかり毒気が抜かれて闘争心も影を潜めたようだった。

そして四人とも、何事もなかったかのように東海道を進んだ。

藤沢《ふじさわ》、戸塚《とつか》、保土ケ谷《ほどがや》、神奈川《かながわ》、川崎《かわさき》と過ぎると、日暮れに品川宿に着いた。

「ああ、今夜はここへ泊まろうか」

「私は、遅くなっても構わないので、このまま藩邸へ参ります」

藤丸が言うと、美雪が皆に言った。やはり喜多岡藩の江戸屋敷の方が落ち着くのだろうし、早く報告したいようだった。

「ああ、分かった」

「しばし江戸に滞在しますが、どこへお訪ねすれば会えますか」

美雪が弥助に言ったが、代わりに藤丸が答えた。

「市ケ谷《いちがや》に藤乃屋《ふじのや》という版元《はんもと》がある。そこで訊《き》けば、わしや弥助がどこの長屋にいるか分かるようにしておくよ」

「承知しました。ではこれにて」

美雪は答えて辞儀をし、暮れなずむ品川宿を足早に抜けていった。

「じゃ、我らは泊まろうか。わしは芸者と酒を飲みたい」

「あの、私は夜の日本橋《にほんばし》も見たいので、先に弥助さんと行きたいのですが」

藤丸が言って旅籠《はたご》を探すと、初芽が言った。

「何だ、行くのか。ならば美雪さんと一緒に行けば良かったのに。わしは鍛えられたお前らと違って、歩きづめで疲れたからな。では弥助、明日藤乃屋で落ち合おう」

「分かりました。では」

弥助は言い、包みの金を藤丸に渡すと、初芽と一緒に歩きはじめた。

素破同士になると足は速く、人混みの繁華街を外れて日本橋へ向かったので、恐らく途中で美雪を追い越したかもしれない。

たちまちのうちに二人は、日が没してもなお賑《にぎ》やかな日本橋に着き、さすがの初芽も初めての光景を珍しげに見回した。

「ああ、半年ぶりの江戸か。相変わらず人ばかりだ」

弥助も懐《なつ》かしげに言い、芝居小屋の幟《のぼり》の列を見上げ、初芽と一緒に出店の前を進んだ。

「すごい人。みんな隙《すき》だらけ」

「おいおい、財布を掏《す》ったりするなよ。造作《ぞうさ》も無く出来るだろうが、江戸で暮すなら真面目《まじめ》に頼むぞ」

「ええ、分かってます」

「江戸で、どうする気なのだ」

「明日、弥助様と藤丸さんは長屋を探すのでしょう。私も、どこか住み込みで働けるところを相談したいので、一緒に藤乃屋さんへ行きます」

「そうか、分かった。とにかく今夜はどこかへ泊まろう」

「ええ……」

言うと初芽が答え、甘ったるい匂いが花粉のように濃く漂った。

匂うと言うことは、初芽も淫気を湧かせはじめ、体臭に媚薬《びやく》効果が現われたということだ。

まったく、淫法を使うために素破になったような女であった。

やがて二人はまず飯屋で夕餉を済ませてから、少し繁華街を外れたところにある待合を探して入った。

二階の部屋に案内されると、すでに床が敷き延《の》べられている。

風呂はないが、明朝にでも湯屋に寄ってから市ヶ谷へ向かえば良いだろう。

弥助も初芽も、旅の疲れを癒《い》やす暇もなく、すぐにも旅支度を解いて全裸になっていったのだった。

五

「ああ、嬉しい。もう誰にも邪魔されない二人きりですね」

初芽が嬉しげに言い、添い寝して柔肌を密着させてきた。

考えてみれば、旅先で他流派の素破同士が出逢い、こうして一緒に江戸へ来たのだから奇《く》しき縁である。

そして、確かに今までは常に近くに誰かがいたから気が気でなく、今宵初めて何も気にせずゆっくり快楽を貪ることが出来るのだった。

弥助は腕枕してもらい、乳房に手を這わせながら腋に鼻を埋め込んだ。

「ああ、何と濃い匂い。素破がことさら匂わせるなど初めて聞いた」

彼は、和毛《にこげ》に生ぬるく籠もる、濃厚に甘ったるい汗の匂いで鼻腔を満たしながら言った。

「淫法使いは、敵地に忍び込むときも匂いは消さないんです。色香で敵を骨抜きにさせるために」

初芽が囁き、恥じらうこともなく好きなだけ嗅がせてくれた。

弥助は初芽の体臭でうっとりと胸を満たし、やがて顔を移動させてチュッと乳首に吸い付いて舌で転がした。

「ああ……」

初芽は小さく喘いで仰向けになり、弥助も上からのしかかって左右の乳首を交互に含んで舐め回した。

そのまま滑らかな柔肌を舐め降り、臍《へそ》をくすぐり、張り詰めた下腹から腰、ムッチリした太腿へたどっていった。肌は淡い汗の味がし、それも媚薬効果となり彼を高まらせた。

脚を舐め降り、足首まで下りると、彼は足裏を舐め、指の股に鼻を割り込ませ汗と脂に蒸れた匂いを貪った。

「足をしゃぶるときは、くるぶしの少し上、そこを指で押して下さい」

初芽が言い、弥助も言われた部分を指で圧迫しながら爪先にしゃぶり付いた。

「そう、そこです。女の淫気が高まる、三陰交《さんいんこう》というツボです。あう……」

彼女が喘ぎ、弥助も両くるぶしから指四本分上にあるツボを押しながら、両の爪先をしゃぶった。

味と匂いを貪り尽くすと、初芽をうつ伏せにさせ、踵から脹ら脛、ヒカガミから太腿を舐め上げていった。

尻の丸みをたどり、谷間は後回しにして腰から滑らかな背中を舐め、うなじまで行って髪と耳の裏側を嗅ぎ、また背中を舐め降りた。

「そこ、腎兪《じんゆ》というツボです。女がいきやすくなります……」

また初芽が教えてくれた。

腰のくびれから指二本分内側の左右。彼はそこを指で圧迫してから、うつ伏せのまま股を開かせ、腹這いになって尻に顔を寄せた。

「そこが仙骨。美雪さんをいかせたツボで、オサネの感度が増します」

初芽が言い、弥助も言われるまま、背骨の最下部、尾てい骨に舌を這わせ、歯を押し付けて刺激した。

「アア……、上手です……」

初芽が尻をくねらせて喘ぎ、弥助も指で谷間を開き、双丘に顔を埋め込んで蕾に籠もる蒸れた微香を嗅いだ。

胸を満たしてから舌を這わせ、息づく襞を濡らしてからヌルッと潜り込ませ、滑らかな粘膜を探った。

「く……」

初芽が呻き、キュッときつく肛門で舌先を締め付けてきた。

充分に味わってから顔を上げ、再び彼女を仰向けにさせると、弥助は滑らかな内腿を舐め上げ、陰戸に迫って言った。

「本当は、陰戸を舐めてから尻を舐めた方が良いのです。尻が先だと、舌についた菌が陰戸を侵《おか》す場合があるので」

「そうだったのか、知らなかった」

初芽に言われ、弥助も素直に頷《うなず》いた。

「今は構いません。うんと舐めて下さいませ……」

彼女が、白い下腹をヒクヒクと波打たせながら愛撫をせがんだ。

割れ目からはみ出した陰唇が、ネットリと大量の蜜汁《みつじる》に潤っていた。

弥助は吸い寄せられるように顔を埋め込み、柔らかな恥毛に鼻を擦りつけて嗅ぎ、隅々に籠もる生ぬるい濃厚な汗とゆばりの匂いを貪った。

胸を満たしながら舌を挿し入れ、淡い酸味のヌメリを掻《か》き回し、息づく膣口から突き立ったオサネまでゆっくり舐め上げていくと、

「アアッ……、いい気持ち……！」

初芽はビクッと顔を仰け反らせて喘ぎ、内腿でムッチリと彼の両頰を挟み付けてきた。

すでに快楽の勝負には負けているので、初芽も我慢することなく声を上げ、全身で快感を嚙み締めているようだった。

弥助もチロチロと執拗にオサネを舐めては、溢れる淫水をすすり、さらに上の歯で包皮を剝《む》き、チュッと強くオサネを吸った。

「あう……、こ、今度は私が……」

すっかり絶頂を迫らせたように初芽が言って身を起こし、弥助も股間から這い出して仰向けになっていった。

すると彼女が足の方に向かい、弥助の爪先にしゃぶり付きながら、三陰交のツボを指で圧迫してきた。

なるほど、男でも効くようで、ゾクゾクと淫気と興奮が増す気がしてきた。

初芽は足指も厭わず左右とも舐め回し、全ての指の股にヌルッと舌を挿し入れてくれた。

「く……」

弥助は申し訳ないような快感に呻いたが、相手は姫君ではなく素破なので遠慮することはなく、素直に身を任せていた。

やがて初芽が大股開きにさせた彼の脚の内側を舐め上げ、内腿にキュッと歯を立て、股間に迫ってきた。

まず彼の両脚を浮かせ、尻を舐め回し、ヌルッと潜り込ませてきた。

自分で言いながら、先に肛門に舌を入れてきたのだ。

まあ淫法の達人である彼女なら、特殊な唾液ですぐにも雑菌など浄化してしまうのだろう。

「あう……、気持ちいい……」

弥助は呻き、肛門で美女の舌を締め付けた。

中でクチュクチュと舌が蠢くと、内側から刺激されるように、勃起した一物がヒクヒクと上下した。

さらに彼女は指で彼の腰にある腎兪のツボも刺激し、やがて舌を引き抜くと、仙骨にも吸い付いてきた。

確かに、通常の愛撫より快感が増し、身の内の深い部分が妖《あや》しく刺激される気がした。

ようやく彼の脚を下ろすと、初芽はふぐりにしゃぶり付き、二つの睾丸を舌で転がし、袋全体を生温かな唾液にまみれさせてくれた。

そして股間に熱い息を籠もらせながら、いよいよ初芽は前進し、肉棒の裏側をゆっくり舐め上げてきた。

滑らかな舌先が先端まで来ると、彼女はそっと幹に指を添え、粘液の滲む鈴口にチロチロと舌を這わせてヌメリを舐め取り、張り詰めた亀頭にもしゃぶり付いてきた。

そして総入れ歯を手のひらに吐き出すと、スッポリと肉棒を根元まで呑み込んで吸い付き、モグモグと幹を締め付けながら舌をからめた。

さらに顔全体を小刻みに上下させ、唇と歯茎でスポスポと強烈な摩擦を開始してきたのだ。

「アア、気持ちいい……」

弥助はうっとりと喘ぎ、美女の口の中で生温かな唾液にまみれた幹をヒクヒク震わせた。

彼女も、先端が喉の奥まで入り込んでも苦しくないのか、深々と含んで舌を蠢かせ、滑らかな歯茎で雁首を擦った。

やがて彼の高まりを察したように、初芽が自分からチュパッと口を離して顔を上げ、手早く入れ歯を装着すると、前進して一物に跨がってきた。

「入れますね」

言い、先端に割れ目を押し当て、ゆっくり腰を沈み込ませていった。

張り詰めた亀頭が潜り込むと、あとはヌルヌルッと滑らかな肉襞が幹を摩擦しながら根元まで嵌め込み、ピッタリと股間が密着した。

完全に座り込むと、まだ動かずに初芽は覆いかぶさって、彼の左右の乳首を交互に舐め、吸い付いてくれた。

「ああ、嚙んで……」

弥助が言うと、初芽も綺麗な歯並びでキュッと乳首を嚙み、咀嚼《そしやく》するように小刻みに刺激してくれた。

「あう、もっと強く……」

彼も高まってせがみ、甘美な痛みにクネクネと身悶えた。

初芽は左右の乳首を充分に愛撫し、彼の首筋を舐め上げ、耳たぶにもキュッと歯を立てた。

さらに耳の穴に舌が潜り込んで蠢くと、クチュクチュという音が艶《なま》めかしく響いて熱い息が弾み、何やら頭の内側まで舐められている気分になった。

初芽は舌を抜き、もう片方の耳の穴も舐めてくれ、やがて徐々に腰を動かしながら、上からピッタリと唇を重ねてきた。

弥助も両手を回して抱き留め、僅かに両膝を立てて尻を支え、舌を挿し入れてチロチロとからみつけた。

「ンン……」

初芽は熱く鼻を鳴らし、彼の舌を吸い、たっぷりと唾液を出してトロトロと注ぎ込んでくれた。

弥助は生温かく小泡の多い粘液を味わい、うっとりと喉を潤しながら、徐々にズンズンと股間を突き上げはじめた。

初芽も合わせて腰を遣い、たちまち互いの動きが一致し、溢れる淫水でヌラヌラと律動《りつどう》が滑らかになった。

大量の淫水が溢れてクチュクチュと淫らな摩擦音が響き、彼のふぐりから肛門の方にまで生温かく伝い流れてきた。

「唾をかけて、顔中ヌルヌルにして……」

弥助が動きを強めながら言うと、初芽も彼の顔にトロリと唾液を垂らし、それを舌で塗り付け、顔中まみれさせてくれた。

湿り気ある肉桂臭の吐息と、唾液の匂いも混じって鼻腔を刺激し、弥助は急激に絶頂を迫らせていった。

初芽も彼の胸に柔らかな乳房を押し付け、恥毛を擦り合わせ、コリコリする恥骨の膨《ふく》らみまで伝えながら、膣内の収縮を活発にさせていった。

「い、いく……！」

とうとう弥助も我慢しきれずに口走り、初芽の匂いと肉襞の摩擦の中で昇り詰めてしまった。

「アアッ……、気持ちいい……！」

絶頂の快感に喘ぎながら、ありったけの熱い精汁をドクンドクンと勢いよく柔肉の奥にほとばしらせると、

「いいわ……、ああーッ……！」

噴出を受けた初芽も声を上げ、ガクガクと狂おしい痙攣を繰り返して気を遣ってしまった。もちろん初芽は、相手に合わせて一番良いときに絶頂を迎えるよう調整できるのだろう。

弥助は膣内の収縮に包まれながら、心ゆくまで快感を嚙み締め、最後の一滴まで出し尽くしていった。

「ああ、良かった……」

すっかり満足しながら声を洩らし、徐々に突き上げを弱めていくと、いつしか初芽もとことん気を遣ったようで、肌の硬直を解いてグッタリと彼にもたれかかっていた。

まだ膣内が名残惜しげにキュッキュッと収縮し、刺激された一物がヒクヒクと内部で過敏に跳ね上がった。

「あう……、もう堪忍……」

初芽も敏感になって呻き、幹の脈打ちを押さえるようにきつく締め上げた。

弥助は重みと温もりの中、初芽の喘ぐ口に鼻を押し付け、熱く湿り気ある肉桂臭の吐息を胸いっぱいに嗅ぎながら、うっとりと快感の余韻に浸り込んでいったのだった。

やがて呼吸も整わないうち、初芽がそろそろと股間を引き離し、枕元にあった紙で陰戸を拭《ぬぐ》いながら、彼の股間に顔を寄せてきた。

そして淫水と精汁にまみれた肉棒をしゃぶり、深々と呑み込みながら舌を這わせてヌメリを吸い取ってくれた。

「ああ……、も、もういい……」

弥助が腰をくねらせて喘ぐと、ようやく初芽もスポンと口を引き離し、さらに紙で包み込んで拭き清めた。

「さあ、このままくっついて寝ましょうね」

初芽が言って搔巻を掛け、全裸のまま肌を密着させてきた。

もう外もすっかり静まりかえり、遠くから五つ（午後八時頃）の鐘の音が聞こえてきた。

「腕が痺《しび》れるかな」

「構いませんよ、うんと甘えても」

弥助が腕枕してもらいながら言うと、初芽も優しく胸に抱きすくめてくれながら囁いた。彼は温もりに包まれて力を抜き、初芽のかぐわしい息を嗅ぎながら目を閉じた。

瞼《まぶた》の裏に、小田原にいる二組の母娘の顔が浮かんだ。

城にいる、志保と香穂の母娘、そして相模屋の菊枝と小梅。二人も今頃、彼のことを思っているのではないだろうか。

（また、旅に出たいな……）

弥助は漂泊《ひょうはく》の思いを募《つの》らせながら、やがて初芽の胸に抱かれて睡《ねむ》りに落ちていったのだった……。

一〇〇字書評

切・り・取・り・線

購買動機（新聞、雑誌名を記入するか、あるいは○をつけてください）

□（　　　　　　　　　　　　　　）の広告を見て
□（　　　　　　　　　　　　　　）の書評を見て
□ 知人のすすめで　　　□ タイトルに惹かれて
□ カバーが良かったから　　　□ 内容が面白そうだから
□ 好きな作家だから　　　□ 好きな分野の本だから

・最近、最も感銘を受けた作品名をお書き下さい

・あなたのお好きな作家名をお書き下さい

・その他、ご要望がありましたらお書き下さい

住所	〒				
氏名		職業		年齢	
Eメール	※携帯には配信できません	新刊情報等のメール配信を 希望する・しない			

この本の感想を、編集部までお寄せいただけたらありがたく存じます。今後の企画の参考にさせていただきます。Eメールでも結構です。

いただいた「一〇〇字書評」は、新聞・雑誌等に紹介させていただくことがあります。その場合はお礼として特製図書カードを差し上げます。

前ページの原稿用紙に書評をお書きの上、切り取り、左記までお送り下さい。宛先の住所は不要です。

なお、ご記入いただいたお名前、ご住所等は、書評紹介の事前了解、謝礼のお届けのためだけに利用し、そのほかの目的のために利用することはありません。

〒一〇一 - 八七〇一
祥伝社文庫編集長　坂口芳和
電話　〇三（三二六五）二〇八〇

祥伝社ホームページの「ブックレビュー」からも、書き込めます。
http://www.shodensha.co.jp/bookreview/

祥伝社文庫

純情姫《じゅんじょうひめ》と身勝手《みがつて》くノ一《いち》

平成31年4月20日　初版第1刷発行

著　者　睦月影郎《むつきかげろう》

発行者　辻　浩明

発行所　祥伝社《しょうでんしゃ》

東京都千代田区神田神保町3-3
〒101-8701
電話　03（3265）2081（販売部）
電話　03（3265）2080（編集部）
電話　03（3265）3622（業務部）
http://www.shodensha.co.jp/

印刷所　萩原印刷
製本所　ナショナル製本
カバーフォーマットデザイン　中原達治

Printed in Japan ©2019, Kagerou Mutsuki　ISBN978-4-396-34518-1 C0193

祥伝社文庫の好評既刊

睦月影郎
きむすめ開帳
男装の美女に女装で奉仕することを求められる、倒錯的な悦び!? さあ、召し上がれ……清らかな乙女たちを――。

睦月影郎
蜜仕置《みつしおき》
突然迷い込んだ、傷ついた美しき女忍は、死んだ義姉に瓜二《うりふた》つ!? 無垢な男が手当てのお礼に受けたのは――。

睦月影郎
蜜双六《すごろく》
俄《にわか》に殿様になった正助《しょうすけ》。欲求は、果てなし。美女たちの、めくるめく極上の奉仕を味わい尽くす!

睦月影郎
蜜しぐれ
御家人の吉村《よしむら》伊三郎《いさぶろう》が助けた美少女は、神秘の力を持つ巫女だった! その不思議な力の源は!?

睦月影郎
みだれ桜
切腹を待つのみの無垢な美女剣士から死ぬ前に男を知りたいと迫られ、濃密なときを過ごした三吉《さんきち》だったが!?

睦月影郎
とろけ桃
吉井《よしい》祐二郎《ゆうじろう》と、剣術指南役の義姉《あね》貴枝《きえ》。相性最悪の二人は、義父《ちち》の敵討ちへと発つが、貴枝が高熱で倒れ……。

祥伝社文庫の好評既刊

睦月影郎

生娘《きむすめ》だらけ

女だけで運営する藩校に通う姫君を守るため雇われた修吾《しゅうご》。誤解から捕らえられた挙句《あげく》、奉仕を強要され！

睦月影郎

美女百景 夕立ち新九郎《しんくろう》・ひめ唄道中

武士の身分を捨て、渡世人に身をやつした新九郎。次々と美女と肌を重ねる旅路は、国定忠治《くにさだちゅうじ》との出会いから！

睦月影郎

身もだえ東海道 夕立ち新九郎・美女百景

小夜《さよ》姫と腰元綾香《あやか》、美女二人の出奔《しゅっぽん》の旅に同行することになった新九郎。古寺に野宿の夜、驚くべき光景が……。

睦月影郎

美女手形 夕立ち新九郎・日光街道艶巡り

渡世人・新九郎は、東照宮参拝の道すがら、男装の女剣士、山賊の女頭目、旅籠《はたご》の母娘《おやこ》……と女体を存分に堪能。

睦月影郎

よがり姫 艶めき忍法帖

若く美しい姫君が、美貌の腰元から男との営みを学ぶ時間がはじまり……女ふたりにはさまれ、悦楽の極致へ。

睦月影郎

熟れ小町の手ほどき

春画家が想い、描いてきた兄嫁——本物はもっと淫《みだ》らだった。無垢《むく》な義弟に、美しく気高い奥方が迫る。

祥伝社文庫の好評既刊

北沢拓也
銀座めしべ狩り
銀座クラブの総支配人・吹石吾郎《ふきいしごろう》。「枕組」と呼ばれる女性の手配も重要な仕事。ある日、厄介な事件が勃発!!

北沢拓也
好色淑女《こうしょくしゅくじょ》
「極上の女を手配して欲しい」との依頼。阿佐美慎吾《あさみしんご》はさまざまな淑女を漁色し、官能の扉を開き始める。

北沢拓也
花しずく
売れない作詞家・加勢淳一郎《かせじゅんいちろう》。離婚と同時になぜかモテだした。音楽家、人妻、OLと、貞淑から淫乱まで!

北沢拓也
花みだれ
令夫人の夫と義母、義母と女流画家、そして女流画家と文芸評論家……。美しき性のけものたちの淫らな相関図。

北沢拓也
花《はな》萌《も》え
五十四歳、独身。背が低く髪も薄く、糖尿病を患う中年男に、美女たちが次々と……。これぞ男の桃源郷!

北沢拓也
女流写真家
写真家・美貴《みき》には淫靡な秘密が。悶え、うめき、のたうつさまを、カメラが赤裸々に……。美しい官能世界の極致!